魔王の俺が奴隷エルフを嫁にしたんだが、どう愛でればいい？

良家の侍女（メイド）といった姿の少女は、
困ったような顔で、周囲を見渡している。

「そこの君、
落とし物でもしたのかい？」

少女は驚いたように
ミーカを見上げるが、
緊張しているのかその表情は硬く、
まるで人形のようだった。

マイペースな母の言葉で、
話題の二人はたじたじに!?

「言ったわよね～。シャルちゃんが可愛いって」

「……ど、どうだ？」
「……あ、甘いです」
「……あの、私はなにを見せられてるんです？」

魔王の俺が奴隷エルフを嫁にしたんだが、どう愛でればいい？17

手島史詞

HJ文庫
1106

口絵・本文イラスト　COMTA

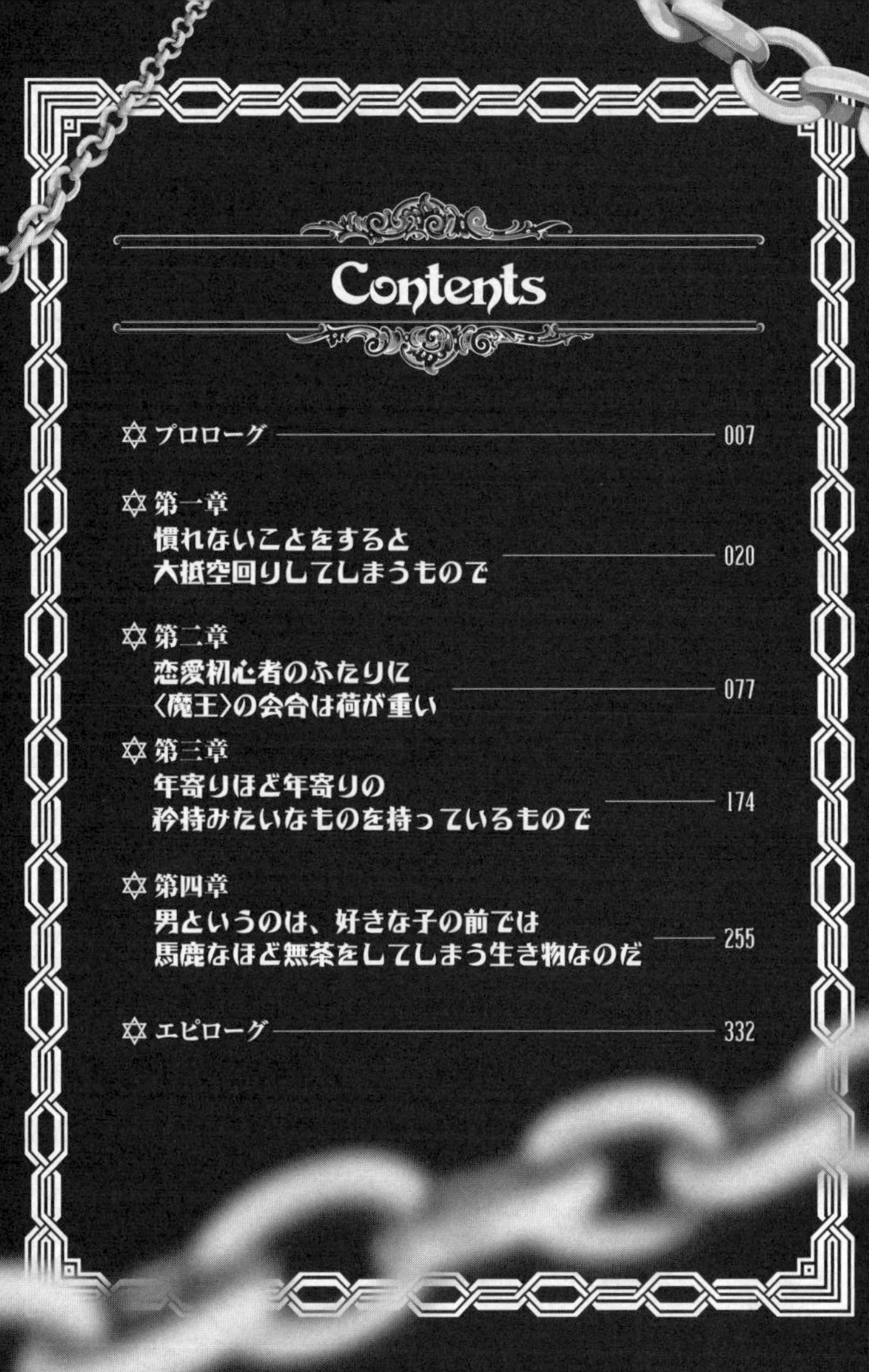

Contents

魔王の俺が奴隷エルフを嫁にしたんだが、どう愛でればいい？
ザガン
本作の主人公。
幼いころとある魔術師に実験用として攫われ、逆に魔術師を暗殺してその財産と知識を手に入れた。
ネフィに一目惚れして買い取るが、初めて人に好意を持ったためにどう扱っていいのか悩んでいる。
ネフィ
白い髪を持つ珍しいエルフの少女。愛称はネフィ。魔力の高いエルフの中でも際立って魔力が高く、
“呪い子”として扱われていた。自分のことを「必要だ」と言ってくれたザガンに少しずつ好意を抱いていく。

バルバロス

ザガンの悪友。魔術師としての腕はかなりのもので、次期<魔王>候補の一人であった。シャスティルのポンコツっぷりに頭を悩ませながらも放っておけない。

シャスティル・リルクヴィスト

聖剣の継承者で聖剣の乙女と呼ばれる少女。剣の達人だが真面目すぎて騙されやすい。近頃は護衛役の魔術師バルバロスとの仲を周りに疑われているが絶賛否定中。

アスモデウス

≪蒐集士≫の二つ名を持つ<魔王>の一人。
他の<魔王>たちにも一目置かれる絶大な力を持ち、煌輝石を集めるために活動する。

黒花・アーデルハイド

ケット・シーの少女。かつて教会の裏組織<アザゼル>に所属しており、刀術に長ける。

ついにシャックスと結ばれ、近頃は二人だけの空間を作りがち。

シャックス

医療魔術に長ける男性魔術師。かつてシアカーンの下にいたが離反した。現在は≪虎の王≫の名を継承し、<魔王>としてザガン陣営の一翼を担っている。

マルコシアス

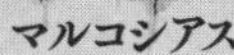

かつて≪最長老≫と呼ばれた<魔王>。
<ネフェリム>として蘇り、複数の<魔王>たちを集めて暗躍する。

✡ プロローグ

「ねえねえ、お兄ちゃんってシャスティルさまと同僚なんでしょ？　バルバルスさんって会ったことある？　どんな人なの？」

仕事に出ようとしたミーカは、五つ下の妹からそんなことを問いかけられた。

今年ようやく十六になったばかりのミーカも、教会に勤務してもう一年になる。

真新しい、とは言えないくらいには毎日袖を通している制服だが、どうしても服に着られている感が拭えない。まだまだひょろりとしているものの、ようやく筋肉がそれなりにつき始めたといった体躯である。

短く刈った髪は焦げ茶色で、苦労の滲んだ瞳は赤茶色。顔立ちにも特徴らしい特徴がなく、街ですれ違ったとしてもきっと誰の記憶にも残らないだろう、平凡な顔立ちである。

ただ、そんな平凡な容姿に不似合いな剣が、背中に揺れていた。

狭い玄関を潜るたびにぶつけているため、扉には無視できない数の傷が刻まれてしまっている。いずれ、枠ごと交換しなければいけない日が来るだろう。

ミーカは、困ったように頭を捻（ひね）る。

「リルクヴィスト卿（きょう）なら一度だけ会ったことあるけど、結構おっかない人だったぞ？　初対面でいきなり叱（しか）られたし。魔術師（まじゅつし）の方はさすがに知らないよ」

「ええー！　あんなに熱愛してるのになんでお兄ちゃん知らないの？　あ、そうか！　そのときはきっとまだ秘密の関係だったんだ。じゃあ、仕方ないかあ」

キラキラと瞳を輝（かがや）かせる妹に、ミーカは苦笑いを返すことしかできなかった。

もう、ひと月も前のことである。

序列第三位の聖騎士（せいきし）長シャスティル・リルクヴィストが、魔術師の、しかも元魔王候補のひとり《煉獄（れんごく）》のバルバルス——いや、バルバロスだったか——と恋仲（こいなか）という噂（うわさ）が暴露（ばくろ）された。

当初は悪質なゴシップだと教会も否定しようとしたのだが、魔術による号外がばらまかれては手の打ちようがなかった。

それでいて、このゴシップがまた厄介（やっかい）な曲者（くせもの）だった。

リルクヴィストとバルバロスの密（ひそ）やかな出会い——暗殺の危機にあった彼女（かのじょ）を、敵対者であるはずの魔術師が文字通り影（かげ）から守ったという——から紅茶を飲み合う仲に至り、そのカップを選び合う素朴（そぼく）な姿や恋に落ちるまでが情緒的（じょうちょてき）に描（えが）かれ、その日誕生日を迎（むか）えた彼らの姿までもが現在進行形で中継された。

誰がなんの目的でやったのかは見当も付かないが、記事の内容もさることながら大陸全土にゴシップが同時に配布されたことからも、これが恐ろしく周到に計画されていたことだとわかる。

一説ではどこかの〈魔王〉が仕組んだなんて噂まであるくらいだが、〈魔王〉がそんなゴシップを広めることこそ意味がわからない。

いずれにしろ、聖騎士は正義、魔術師は悪という固定観念を正面から殴りつけるこの愚行は、嫌というほど民衆の心に刺さったらしい。

娯楽に餓えた民衆は、現代の恋物語に夢中になった。

元々リルクヴィストは紅一点にして最年少就位者の聖騎士長として、民衆からの支持は厚かった。その記録を抜かれたいまでも、彼女の美貌には磨きがかかる一方なので人気が衰える様子はない。

それゆえ、噂は一夜を待たずに大陸全土を魅了した。

――恋人かあ。俺は普通の女の子がいいな。

花屋の娘とかどこかの侍女みたいな、素朴で優しそうな子がいい。なにもしてくれなくてもいいから、辛いときにただ傍に寄り添ってくれるような子だ。

ミーカとて十六歳の男子として、異性に興味がないわけではない。リルクヴィストのような境遇は御免被りたいが、恋人というもの自体には多少の憧れはあった。

だが、そんな素敵な人ができたとしても、きっと自分は家族の方を大切にしてしまうだろうとも思う。これまでのミーカの人生はそうだったのだから。

そんな仄かな憧れを頭の隅に追いやり、妹に視線を戻す。

「魔術師も悪い人ばかりじゃないんだよね。お兄ちゃんは〃いい魔術師〃とかは会ったことないの？」

「そんなのいるわけ……」

いるわけないと答えようとしたミーカは、言葉に詰まった。

妹が期待に満ちた目を向けてくる。

「やっぱりいるの？」

「あー、えっと〃いい魔術師〃かは知らないけど、〈魔王〉なら見たことがあるよ」

「〈魔王〉？　〈魔王〉って、魔術師で一番偉いんだよね！　どんな人だったの？」

「なんかこう、恋人？　と、すごく仲がよさそうだった……」

いい人かと聞かれれば首を傾げるところだが、その姿は教会で伝えられるような悪の象徴とはいささか違ったと答えざるを得ない。

「すごい！　やっぱりいい人もいるんだ」

妹が求めていそうな情報を与えてやると、彼女は無邪気に笑って跳びはねていた。

――こっちは減俸喰らうし、上の人たちから説教されるし散々だったけど……。

半年ほど前、聖都ラジエルにある教会本部宝物庫がふたりの〈魔王〉に蹂躙された。聖騎士長が十二人揃って〈魔王〉のひとりも倒せなかったのだ。この大失態に、ミーカたちは一から鍛錬を積み直せと猛訓練を課せられた。

しかも鍛錬教官は、あの謎の多き聖騎士長ステラ・ディークマイヤーである。

――あの人、本当に手加減とか知らないからなあ……。

ミーカより年下のはずの聖騎士団長ギニアス・ガラハット二世なんかは、毎日のようにボコボコに殴られていた。それでも食い下がる根性は、正直尊敬に値すると思った。

そうして地獄の訓練から解放されたと思えば、この事件である。

教会という組織は、民衆からの寄付という名の支持によって運営されているのだ。民意というものを無視して活動することはできない。

おまけにこの事件をきっかけに、魔術師の中にも民衆を守ってくれた者だの、怪我や病気の治療をこっそりやってくれた者だの、食糧などを分けてくれた者だのがいたなんて話まで明るみに出てきている。

教会は魔術師との関係を見直す必要に迫られていた。

そんなわけで、事件から一か月も経ったいまも街はロマンスに沸いていた。熱狂しているのは、なにも妹に限った話ではない。

「……俺も、共生派にでも入ろうかな」

リルクヴィストはそもそも魔術師との共存を唱える〝共生派〟筆頭である。この事件は余計にその立場を強固なものとしていた。教会で食べていくには、そちらについた方が堅実なのかもしれない。

思わずそうこぼすと、妹がまた歓喜の目を向けてきた。

「それってシャスティルさまの〝はばつ〟ってやつ？　お兄ちゃんすごい！」

「あー、兄ちゃん、そろそろ仕事行かなきゃいけないからな？」

「はーい。がんばってねお兄ちゃん！」

「ああ。エイラも母さんの看病は頼んだぞ」

「任せてお兄ちゃん！」

なんとか笑い返して手を振ると、ミーカはようやく玄関を出ることができた。

村外れの小さなレンガ造りの家が、ミーカの実家である。村自体も小さなもので、中央まで行っても食事処が数軒と、なんでも売ってる雑貨屋が一軒あるくらいで他にはなにもない。土地だけはだだっ広いので、みな牛や羊を育てて生活をしている。名物があるとしたら、草が良いのか少しだけ美味しいと評判のミルクくらいのものだろう。一千人にも満たない住民は、だいたい顔見知りだった。

そんな片田舎の長閑な村でも、旅行者というものが通り過ぎることはある。

――あれ、よその人かな？　珍しい。

前方から見覚えのない顔が歩いてきたと思ったら、その顔に一枚の紙切れが直撃した。

「うわぷっ？　なんだ？」

なんだかいかにも運のなさそうな青年は、顔に纏わり付いた紙切れを引っぺがすと丸メガネの位置を正して顔をしかめる。

「え、なにこれ……」

丸メガネをかけた旅行者は、唖然とした声を漏らして立ち尽くす。それからメガネを外して服の袖で拭うと、もう一度紙面を覗き込み、やはり同じ言葉を繰り返す。

「ええ……。いや、なにこれ？　なにこれ……？」

ひどく困惑した様子の青年が見つめているのは、例のゴシップだった。ひと月も前のものだが、どこかから風に吹かれて飛んできたらしい。

聖騎士は民衆を守るために存在するのだ。一応は自分もそうなので、ミーカは丸メガネの旅行者に声をかける。

「あの、大丈夫ですか？　なんだか顔色が悪いですけど……」

「――ッ？」

よほど記事に驚いていたらしく、旅行者はまったくミーカに気付かなかったようだ。声をかけると、旅行者はビクリと跳び上がって腰に手をやった。

「あー、落ち着いて。自分はただの聖騎士です」

「え、えっ？　あー……すみません。ちょっとその、いくらなんでも不可解なものを見てしまったもので……」

両手を挙げて敵でないことを示すと、旅行者もようやく我に返ったようだ。まだまだ困惑を隠せない声音だが、恐る恐るといった様子で問いかけてくる。

「こ、これ、なんですか？」

「ああ、それですか。もう一か月前のニュースですけど、聖騎士長のひとりが魔術師と恋愛してたのが発覚してしまったんです。お恥ずかしい話ですけど」

「事実なんですか？　これ、教会の人とか怒らなかったんですか？」

信じられないという顔をする旅行者は、どうやらいま初めてこのゴシップを知ったらしい。まあ、旅などをしていれば世俗の情報に疎かったりするのかもしれない。

――いや、旅行者ならむしろ詳しそうだし、どこか人里離れた場所にでもいたのかな？

少々不可解な反応だが、まあ別に職務質問をしたいわけではない。ミーカはいまさらながら苦笑交じりに答える。

「まあ、問題にはなったのはなったんですけど、なんというか世間的には結構好意的に受け止められちゃった上に本人も結構な立場のある人なんで、結構複雑なことになっていまして……」

もちろん、教会の中にはリルクヴィストを処罰すべきだという声も上がった。

しかし処罰するには、彼女は民衆からの支持が高すぎた。

教会がなにか発表する前に『シャスティルの恋を認めろ』と抗議活動が起こり、否定的な態度を取っていた教会では目に見えて寄付金が激減したという。

いくら正しかろうと、迂闊なことを口走れば教会と魔術師の力関係がひっくり返りかねない事態にまで発展したのだ。

加えて、教会の長たる教皇がこの件に関してなにも言葉を発していない。ここ数年、人前に出ることさえないことから密やかに死亡説まで囁かれているくらいだが、ここでの沈黙は肯定、いや公認と同義だった。

トップが目を瞑ったとなれば、教会としても強硬手段に出ることはできない。

――まるで教皇猊下がなにも言わないのを知ってたみたいな手口だよな。

まあ、まさかの話ではあるが。

ただ、こうなってくると聖騎士の肩身は狭くなってくる。魔術師を見つけたら即座に剣を抜く、というわけにもいかなくなっていた。

丸メガネは頭を抱える。

「嘘だろう？　こんな馬鹿な話が受け入れられるものなのか？　理解できん……」

もしかすると、この人は敬虔な教会信者だったのかもしれない。そういう人からは、ちょっと受け入れがたい話なのは事実だろう。

ミーカは励ますように笑いかける。

「教会の人間として、心中お察しします」

「……あー、うん。どうもありがとう。時間を取らせてすまなかったな」

丸メガネはゴシップをくしゃくしゃと丸めてポケットに突っ込むと、フラフラした足取りで去っていった。

――大丈夫かな、あの人……。

なんだか『この世に私の心中を察せられる人間などいて堪るか』とでも言わんばかりの空気を背中から垂れ流していたが。

とはいえ、ミーカにも仕事があるのだ。丸メガネの旅行者を気に懸けながらも、その場をあとにした。

小さな街だ。少し歩けば教会にはすぐに着いてしまう。

質素な木組みの造りで、集会を開いても隙間風がひどくて参加者の大半は説教に身が入らないという。そんな教会の扉を叩くと、ミーカは小さく息を吸って声を張り上げた。

「序列十二位、聖騎士長ミーカ・サラヴァーラ出勤しました！」

名乗って、思わずため息がこぼれる。

――なんで俺なんかが聖騎士長なんてやってるんだろう。

ミーカは貴族の出でもなければ、敬虔な教会信者の家系というわけでもない。父親は聖騎士に属していたが、下っ端も下っ端でミーカが六歳のときに戦死している。

民のために戦った父は尊敬しているが、父が戦死したことでミーカは学校にも行かず商人の下働きとして家にお金を入れる生活を余儀なくされた。当然、剣など握ったこともなく、聖騎士長としての序列は堂々たる最下位である。

それがなにが起きたのか、一年前に突然聖剣に選ばれたとかで聖騎士長に抜擢されたのである。

もちろん、自分に務まるとは思えなかったので最初は辞退しようとしたが、拒否権などなかった。聖剣というものは、持ち主が死ぬまで他の者には扱えないものらしい。

まあ、聖騎士長という職業は金になる。

――弟妹たちは、ちゃんと学校に通わせてやりたい。

妹の下にはさらにふたりの弟がおり、上には十三歳の弟がいる、ミーカは五人兄弟なのだ。

母も働き過ぎて体を壊した。サラヴァーラ家を支えられるのは、自分しかいない。

大きな手柄はいらない。ただ、弟妹たちが成人するまで職務を全うできれば、それだけでいい。

生きてさえいれば、家族を養っていけるのだから。

幼いころから顔なじみの司祭は、ミーカの顔を見ると優しく笑いかけてくる。

「サラヴァーラ卿、キミがいてくれるおかげで今日もこの街は平和だよ」

「いえ、自分は特になにもしてないです。本当に……」

聖騎士長の多くは、事件が起きれば現場に派遣されるが、そうでなければ特定の教会に留まる必要はない。交通の便がいい都会に住むケースが大半だが、家の手伝いがあるミーカは家族のいるこの街に住居を置いていた。

不在の場合が多いが、いまは例の事件もあって特に任務は与えられていない。

というより、教会自体が身動きが取れなくなっているのだろう。

このひと月ばかりは、ミーカも教会の雑務などを手伝ったり街の巡回をしたりと、別に聖騎士長でなくてもできる仕事しかしていなかった。

なのだが、司祭はなにか思い詰めた顔でこう告げた。

「――サラヴァーラ卿。任務だ。貴公にある〈魔王〉の監視を命じる」

まるで死刑宣告のようにそんな命令が告げられた。

――……そっか。使えないやつが聖剣持ってたら、死地に送って交換すればいいんだ。

夢も希望もない、春も終わりの十六のある日だった。

「――あの事件、いったいどこまでがあなたの思惑だったのだい、〈魔王〉ザガン？」

キュアノエイデス地下魔王殿玉座の間にて、瞳を閉ざした魔術師がザガンにそう問いかけてきた。

《激震》のウェパル。

真っ白な髪に華奢な体躯。ザガンとて事前に容姿を聞いていなければ、男だとは思わなかったろう美貌の持ち主である。彼は元魔王候補のひとりであり、あのアスモデウスの弟子なのだという。

同期の魔王候補であり、ひと月前のとある事件で多大に巻き込んだ相手ではあるが、こうしてザガンが顔を合わせるのは初めてだった。

ウェパルは畏怖さえ込めた声音で続ける。

「あの事件以来、魔術師と聖騎士の関係は変わってしまった。あなたは世界の構造を破壊したのだ。それも〝あんなしょうもない事件〟で、だ。小石を投じて山を崩すような所業だよ。私は、素直にあなたが恐ろしい」

惜しみない賞賛の声に、ザガンは玉座で肘を突いて不敵に……ではなく、むしろ自分まで恐怖するような声を返す。

「いや、命じたのは確かに俺だが、やったのはゴメリだ。俺もやつが恐ろしい」

「……そうなんですね」

頬にひと筋の汗を伝わせ、ウェパルはなんだか妙に納得した様子でうなずいた。

聖騎士と魔術師は常に対立する宿敵である。

だが、その対立構造は八百年前に《最長老》マルコシアスの手によって歪められた在り方なのだ。

八百年前まで、聖騎士と魔術師は手を取り合い、共に世界を発展させていたという。当時の〈魔王〉筆頭リゼット・ダンタリアンの手腕による平和だ。

それが踏みにじられたことによって、両者の対立は生まれた。

その復讐はすでに当人たちによって果たされているが、彼らの志は踏みにじられたままなのだ。

だから、ザガンとゴメリは聖騎士と魔術師を融和させる計画を始めた。

ただ、ゴメリがこれほどまでの働きをするとはザガンも想定していなかった。

――シアカーンの記憶を直接見たのは、ゴメリだったからな。

単なる趣味以上に、使命感を覚えていたのかもしれない。

いまや民衆の興味は聖騎士と魔術師のロマンスに有り、聖騎士も問答無用で魔術師を狩るような真似ができなくなっている。

それでいて、魔術師側も自然と聖騎士と揉めることを避けるようになっている。なぜなら渦中の魔術師が、あのバルバロスだからだ。目を付けられたらどんな殺され方をするかわかったものではない、というのが一般魔術師の心理である。

それでいて、この企てがザガンによるものであることは、魔術師たちも薄々気付いている。何故ならゴメリは堂々とザガンの名前を使ってゴシップ記者どもを動かし、ザガンもそれを容認しているからだ。

魔術師に〈魔王〉や元魔王候補を敵に回してまで、聖騎士と対立するメリットはない。

結果、ウェパルが言うように世界の在り方が少なからず豹変してしまっていた。

――まあ、おかげでネフィの誕生日を無事に祝えたところもあるから、文句を言う筋合いはないがな。

一応の感謝はあるが、それはそれとして怖いものは怖い。あのおばあちゃんに手綱を付けることは、〈魔王〉ですら不可能なのだ。

気を取り直して、ザガンはウェパルに向き直る。

「貴様を面倒に巻き込んだことは詫びておこう。その証として、こちらが知りうるアスモデウスの情報は全て貴様にくれてやる。それ以外にも望みがあるなら、可能な限り善処するつもりだ」

その宣言に、ウェパルはポカンと口を開いた。

「ずいぶんと気前のよい言葉だね」

「……ゴメリに関わったときの苦労は、身に染みているつもりだ」

「あー……」

ザガンとて普段から散々愛で力がどうしたとかで、おもちゃにされているのだ。その面倒くささは人一倍理解している。

ゴメリの被害者ふたりの間に、奇妙な友情が芽生えた瞬間だった。

――だが、それでもゴメリが必要だった。

リスクを承知の上で、ゴメリを使ったのだ。あのおばあちゃんでなければ、いかにバルバロスとシャスティルを使ったとはいえ、これほどの成果を上げることはできなかった。

であれば、その後のケアは主であるザガンの仕事である。それが、部下の尻を持つということだ。

「埋め合わせには十分か？」

ザガンは改めてウェパルを真っ直ぐ見据える。

「では、ここから先は交渉だ。俺は聖剣の複製を作ろうとする貴様の知識に興味がある」

このウェパルは魔術師でありながら聖剣の知識、製法にまで精通しているのだという。

それは、聖剣の破壊――聖剣の中に封じ込められた天使どもを解放したいという、ザガンの目的には喉から手が出るほど欲しい人材である。

不敵にそう告げると、ウェパルは眉を撥ね上げ驚愕を顔に浮かべる。

「なんだ。〈魔王〉が聖剣に関心を持つのは不思議か？」

「あ、いや……。そちらも不思議ではあるが、まともに交渉ができる相手というものが久しぶりに感じられて」

「バルバロスとゴメリが本当にすまなかった」

ローブの裾で目元を拭うウェパルに、ザガンは心から陳謝した。

まあ、あのゴメリとバルバロスに関わって面倒くさい思いをしなかったはずはない。それこそ交渉という概念が虚しく思えるようなこともあっただろう。

ウェパルが落ち着くのを待って、ザガンは言葉を続ける。

「こちらで自由になる聖剣がひと振りある。必要なら、もうふた振り……いや三振りまでは融通できる」

自由にできるひと振りというのはもちろん執事のラーファエルのもので、残りはリチャードやシャスティル、ステラである。彼らもザガンが頼めば聖剣を調べさせてはくれるだろう。特にリチャードとステラは、そのまましばらく貸してもらうくらいはできる。

他にもシャスティルの共生派に傾倒している聖騎士長は、条件次第では協力を得られる可能性がある。

「保証できるのはそこまでだが、他にも心当たりがないでもない。俺の要望にさえ応えれば、これらは好きに扱ってかまわん」

それはウェパルの目的のために利用することを許すということだ。彼の悲願であるアスモデウスの打倒に用いることも、許すということだ。

これがまずザガンから提示できる報酬だった。

――まあ、フォルは嫌がるだろうがな……。

だがそれが気に入らないのなら、フォルがフォルのやり方で介入すべきことだ。あの子にはそれだけの力と地位があるのだから。

破格とも言える話に、ウェパルはまたしても身を仰け反らせた。

「……つくづく、あなたは恐ろしい〈魔王〉だね。教会内部にそれほどまで踏み込んでいるのか」

ザガンは答えず、不敵に笑い返した。

——別に狙ってそうなったわけではないのだがな……。

どういうわけか、ここ一年で聖騎士長に身内が増えたのだ。

——だが、役に立つものはなんでも使わんとな。

すでに幾人かの〈魔王〉を撃破しているザガンではあるが、決して過信できるほどの力があるわけではないのだ。

それというのも——

「あなたほどの〈魔王〉がそれほど聖剣に固執するのは、先日の〝化け物〟が理由かな？」

ウェパルは探るように問いかける。

——魔族シェムハザ——

魔族でありながら高度な知性を持ち、万に及ぶ魔族の集合体である特異固体である。ザガンひとりでは、倒せぬほどの相手だった。

単に倒すだけでいいなら、手段はある。

――〈天燐・鬼哭驟雨〉――

ザガンが全てを滅ぼすために生み出した力だ。集団で使うことが前提の魔術で、ザガン個人で紡ぐには丸一日という時間を要した。

しかし、魔族はどうにも神出鬼没らしい。

いつどこに現れるかわからない相手に使える手段ではなかった。ネフィが来てくれなければ、ザガンは力及ばなかっただろう。

――撃退したが、あれで死んだとは思えん。

それに、他にも同種の個体がいる可能性がある。

力を付けなければならない。ただでさえ、マルコシアスがなにかを企てているのだ。もう、後手に回るわけにはいかない。

ザガンは沈痛にうなずく。

「やつか。確かに恐るべき魔族だった。次にやつが現れたとき、あるいはそれと同等の存在が現れたとき、倒す手段が必要だ。だが、聖剣を調べる理由は他にある」

「というと？」

緊張するように、ウェパルがこくりと喉を鳴らす。

ザガンは、絶対の決意を込めて静かにこう宣言した。

「俺は、全ての聖剣を破壊しようと考えている」

「……ッ」

その言葉に、ウェパルは息を呑んだ。

いや、正確には〝聖剣の中に封じられた天使の解放〟なのだが、それを一から説明するとなると少々長くなる。それに天使を解放すれば、聖剣が残ったとしても力は失われることになるのだ。結果的には破壊するのと同義だろう。

ウェパルは頬にひと筋の汗を伝わせ問い返す。

「いったい、なぜ？　あなたほどの〈魔王〉ならば、聖剣とてさほど脅威たり得ないはずではないか」

それはまあ、脅威ではあるが壊すほどではないだろう。

――でも、なんでと聞かれると返答が難しいな。

答えるとすれば〝義妹婿からのお願いに嫁の意向を汲んだ結果〟ということになるのだ

ろう。しかし、そのまま言葉にするとなんだか誤解されそうな気がする。

一考して、ザガンはこう返す。

「それが、友との約束だからだ」

ザガンにとってリチャードは義妹の命の恩人である以上に、普通の恋人関係を学べる無二の友人でもある。師匠と呼んでもいいかもしれない。

そんな彼に敬意を込めてそう答えると、ウェパルは驚いたように口を開く。

そこから言葉が発せられることはなかったが、なにか察したように口を結び、それから微笑を返した。

「なるほど。義理堅い方だとは聞いていたが、想像以上のようだ。あなたがそれほど肩入れする人物に、私も会ってみたかったよ」

「ふむ？　まあ、いずれ貴様にも紹介することもあるだろう」

「……いや、遠慮しておくよ。そういった場所に、私などが踏み入るべきではない」

まるで故人や墓前の話でもしているような気分になったが、ザガンは深く考えなかった。

ウェパルはふむとうなずいて口を開く。

「しかし、まだ表立っていないとはいえ、あなたはあの〝自称〟マルコシアスと対立しているものと思っていた。そこで、友人との約束とはいえ、こんな大それたことに力を割いているのは意外ではあるね」

〈ネフェリム〉として蘇ったマルコシアスは、どうやらなにかを始めているらしい。

まだ直接ちょっかいをかけては来ていないが、アスモデウスやエリゴルの一件からもザガンと相容れないだろうことは理解している。

であれば、ザガンはマルコシアスへの対処に全力を尽くすべきだろう。

かの〈魔王〉は《最長老》と呼ばれ、千年の永きにわたって世界の表と裏を支配してきたのだから。

だが、ザガンは不敵に笑う。

「そちらに関しても、手は打ってある。うちの配下どもは有能だからな」

「なるほど、新しき〈魔王〉たちは皆、あなたの配下だったね」

納得したような声を上げて、それから口元を吊り上げる。

「そういえば、新しき〈魔王〉たちの中で、ひとりだけ素性の知れない者がいたね。彼のことを聞いてもかまわないかな？」

それが誰のことを示しているのかは、言われるまでもなくわかった。

「シャックスのことか。やつは名前を売るということを知らんから無理もない。だが、俺はやつを新しい〈魔王〉の中で、もっとも恐るべき男だと思っている」

魔術師として一番強いのは、フォルだろう。その力は屍竜オロバスを屠り、あのアスモデウスと引き分けたことからも証明されている。

逆に魔術師の天敵なのがネフィだろう。神霊魔法と自然そのものを操り、それでいて〈魔王〉の名に恥じぬ程度には魔術にも精通している。聖剣の上位互換とも呼べるだろう。

だが、恐ろしいのはシャックスだ。

フォルとネフィを正しく評価した上で、ザガンはそう答えた。

◇

「ぶえっくしゅ！」

ザガンが称した〝恐るべき〈魔王〉〟は、通りのど真ん中で盛大なくしゃみをもらしていた。周囲の通行人が迷惑そうな目を向けながら通り過ぎていく。

春も終わりの雄牛の月に入り、気候も暖かくなってきたと思ったが、今日は少し肌寒いのかもしれない。

〈魔王〉となってからちゃんと背筋も伸ばすようにしたし、服装も撚れた白衣からきちんとしたローブに替えたというのに、未だに威厳というものはついて来ない。遠征中ということもあって、また無精髭が生えてきているのも原因のひとつだろう。

そんなシャックスに、隣を歩く少女が心配そうな顔を向けてくる。

「シャックスさん、風邪ですか？」

東方のケット・シー、黒花・アーデルハイドだ。

黒い髪の上には猫獣人特有の三角の耳が揺れているが、その下にはヒト族と同じ耳がある。かつては光を失っていた瞳の色は赤。腰の後ろから生えた二叉のしっぽは、心配そうな声とは裏腹に上機嫌にゆっくりと左右に揺れていた。

ここはキュアノエイデスを遠く離れた辺境の街――古都アリストクラテス。かつては大きな国の首都だったらしいが、教会の台頭とともに衰退し、いまでは遺跡を観光資源とする寂れた片田舎である。

古びた石の遺跡と新しい木組みの建物が混在する街並み。異なる文化が混じり合うような奇妙な光景だというのに、不思議と〝異物〟という印象は受けない。互いが互いを取り込もうとして、却って住み分けるようになったかのようだ。

住民の数はせいぜい数千人程度で、街の規模に対して明らかに少ないが、観光地ゆえに人の通りはそれなりにある。

そんな街の雑踏に異国の少女という取り合わせは物語の世界のようで、どこか現実味に欠けるような不思議な感覚だった。

この街に来るまでリュカオーンに帰郷していたこともあり、黒花は東方の正装に身を包んでいる。

リュカオーンの衣装といえば持て余すように大きな袖を持つものが印象的だが、いまの黒花が身に着けているのは軍服のようにパリッとした衣装だ。アーデルハイド家の正装らしく、肩には金色の肩章、胸元には家紋と飾り紐が下げられている。

いつもぐいぐい引っ張ってきては子供っぽいところも多いこの少女だが、聖騎士長どころか〈魔王〉すら屠りうる当代最強の剣侍である。その手に握る錫杖には、リュカオーンの神器〈天無月〉が仕込まれている。

それが正装に身を包めば王族らしく凛とした佇まいで、シャックスも思わず見惚れそうになった。

「……？　どうしました？」

「あー、いや、なんでもない。少し鼻がむずむずしただけだ」

見惚れていたことを誤魔化すように頭を振るが、黒花はそんなシャックスの内心を見透かしたように目を細めて口元を緩める。

「うぐっ？」

それから、なぜかゴスッと頭突きをしてきた。

脇の下の肋骨に走った物理的な衝撃にシャックスは呻くが、黒花は気に留める様子もなくそのままぐりぐりと頭を押しつけてくる。

——最近、これよくやるんだよなあ……。

動物の猫も頭突きをする習性があるというが、黒花も同じようなものなのだろう。

ただ、猫が頭突きをする理由の多くは愛情表現なのだ。

黒花が自分に好意を持ってくれているのはいまさら確かめるまでもないことだし、シャックスもそれに応える決心をした。その決心をするまで、ずいぶん待たせてしまったという負い目もある。

となると、到底この習性を批難する気にはなれなかった。

ただまあ、場所はわきまえてもらいたいところである。通行人の視線が痛くなってきて、シャックスはやんわり告げる。

「クロスケ、歩き難いんだが……」

「ふふふ、すみません。シャックスさんの好みがわかったのが嬉しくって」

「俺の好みってなんだ？」

首を傾げると、黒花は両手を広げてくるりと回ってみせる。通行人もそれなりに多いというのに、どういうわけかその手が他者にぶつかるようなことはなかった。

「この服、気に入ってくれたんでしょう？」

「そりゃあ、まあ嫌いじゃないが」

「もう、素直に似合ってるって言ってくれてもいいんじゃないんですか？」

「そいつはもう何度も言ったと思うんだが……」

いくらシャックスが察しの悪い男とは言え、女性のおしゃれを褒めることくらいは知っている。というか、出立前に主であるザガンから散々叱られたので学んだ。

だから、最初にこの服を見たときからちゃんと『似合っている』とは言っている。

――いや、似合ってるって言葉だけじゃ足りないってことか？

黒花は二叉のしっぽをゆらしておかしそうに言う。

「女の子は、何度だって褒めてもらいたいものなんですよ？」

「……やれやれ。クロスケの故郷の正装だ。似合わないわけがないだろう？　お前は綺麗だよ」

「こひゅ……ッ！」

素直に褒めて返すと、黒花は顔を真っ赤にして硬直した。

それから、頬をぽりぽりと掻きながらふにゃりと破顔する。そっとかき分けた髪の隙間から覗く、ヒトの耳までもが真っ赤になっていた。

「え、えへへ……。面と向かって言われると、結構恥ずかしいですね」

「どうしてほしいんだお前は……」

とは言え、シャックスの賛辞はお気に召したようだ。またくるりと回って見せると、黒花はシャックスの隣に並んで歩き始める。

そんな少女の様子に、シャックスも思わず笑みをこぼしてしまう。

その視線に気付いたのか、黒花がピクンと肩を震わせた。

「な、なんですか？　人の顔をじろじろ見て」

「いや、クロスケが元気そうで安心しただけだ」

現在、シャックスと黒花は〈魔王〉ザガンから密命を受けて行動中である。

なのだが、その命はひと月も前に下されたものだった。

ではこのひと月の間、いったいなにをしていたのかと言えば、黒花の故郷であるリュカオーンに滞在していた。

目的は、滅ぼされたアーデルハイド家の墓参りである。

リュカオーンには、彼の地を守護する三大王家というものがある。夢魔のヒュプノエル家、セイレーンのネプティーナ家、そしてケット・シーである黒花のアーデルハイド家である。

――黒花のアーデルハイド家は、俺のせいで滅びた。

直接手を下したのは先代〈魔王〉シアカーンだが、シャックスはその弟子で同じ場所にいたのだ。そして、師の蛮行を止めることもできず、ただ喚くことしかできなかった。

誰も、助けることができなかったのだ。

黒花はそれを許してくれたが、この罪が消えてなくなるわけではない。これは、シャックスが向き合わなければならない罪なのだ。

ただ、そのあたりの事情をいくら受け入れたとしても、結局シャックスと黒花のふたりの間での話でしかない。

《虎の王》の名を継ぎ、シアカーンの直弟子であり、里が滅んだ要因のひとりでもあるシャックスがアーデルハイドの地を踏むとなれば、歓迎されるはずもなかった。

当然のこと、残る三大王家のふたつ、ヒュプノエルとネプティーナの王たちは激怒した。

ついでに黒花も激怒した。

まあ、黒花はシャックスを庇おうとしてくれたわけではあるのだが、間に挟まれたシャックスは彼らをなだめて交渉するのに四苦八苦したのだ。

そんなことがあったわりには、黒花は非常に機嫌がよさそうである。

シャックスの疑問に、黒花は得意げに微笑む。

「それはヒュプノエルとネプティーナのおじいさまたちもあたしたちの仲を認めてくださいましたし、シャックスさんが籍を入れるつ、い、い、つもりでいてくれるのもわかりましたから」

シャックスは一生かけてでも黒花の面倒を見るつもりである。

それは、世間的には添い遂げることを指すのである。

「ま、まあ、お手柔らかに頼むぜ？」

結果的に、シャックスは彼らに受け入れてもらえた。

まあ、多くの希少種を抱え、魔術師から狙われる彼らは常に強力な後ろ盾を必要としている。そこで曲がりなりにも〈魔王〉の肩書きを持つシャックスは有用だったのだ。

ニコニコ笑顔で、黒花は頬を赤らめる。

「あのときのシャックスさん、堂々としてて格好よかったですよ？」

「そりゃまあ、ラーファエルの旦那に追い回されるのに比べればな……」

無垢な言葉に、シャックスは苦笑を返す。

あの最恐が殺す気で聖剣を振り回す姿を思い出せば、心の余裕みたいなものが違う。少なくとも、彼らは目があっただけで首を落とそうとはしない。だから堂々として会話をすることができた。

それから、黒花はふと思い出したように自分の髪に指を絡める。

「ところで、シャックスさんの服装の好みはわかりましたけど、髪型の好みってどんなのなんですか？」

「髪型っていうと？」

「ほら、短い方がいいとか長い方がいいとか、結んだ方がいいとか下ろした方がいいとか、いろいろあるじゃないですか」

シャックスは腕を組んで頭を捻る。

「考えたこともなかったな。まあ、クロスケならどんな髪型でも似合うと思うぜ？」

そう答えると、黒花はぷくっと頬を膨らませた。

「そういうことを聞いてるんじゃないんですけど……」

どうやらお気に召さない返事だったらしい。

――つっても、髪型の善し悪しとかわからないんだが……。

またしても頭を捻って、それから悩みながらシャックスはこう返す。

「俺はいつも通りのクロスケがいいと思うぞ。まあ、髪が長いお前さんってのも見てみたい気はするがな」

「ふ、ふうん、そうですか？　だったら少し、伸ばしてみようかな……」

前髪をいじりながら、黒花はまんざらでもなさそうにつぶやく。

この答えは満足だったらしい。黒花は頬を紅潮させ、ひとり意気込むように胸の前で両手を握った。

ちなみにそうして歩く間、二叉のしっぽはずっとシャックスの背中に絡みついているのだが、本人は気付いていない様子だ。シャックスもいい加減慣れたつもりではあるが、やはり気になるというか落ち着かないものである。

気を取り直すように、今度はシャックスが問いかける。

「俺の趣味はまあいいとして、クロスケはどうなんだ？」

「あたしですか？　えっと、なんの……？」

「なんのって、クロスケの好みだよ。格好でもなんでもいいが、俺にどういうことしてほしいとかってあるのか？　あるなら、できるだけ応えるつもりだが」

黒花が身だしなみに対して努力をしてくれているのに、シャックスがしなくていいなんてことはないだろう。

そう問いかけると、黒花は神妙な顔をしてはたと足を止める。

ちらりと横顔を覗(のぞ)き見てみると、深刻な表情で考え込んでいた。

「えっと、改めて聞かれると困りますね。あたしは、シャックスさんはシャックスさんのままでいいと思うんですけど……」

「お前だって似たようなもんじゃないか」

「うぅーっ、それはそうなんですけど！　でも、でもっ」

それはシャックスは女心などわからないし、察しも悪い。そもそも後悔(こうかい)の中で生きてきたのだ。異性に恋愛(れんあい)感情を抱(いだ)くような機会などなかった。

ただ、それは黒花の方も同じなのだ。……いや、彼女(かのじょ)の半生はシャックスなど比較(ひかく)にならないほど凄絶(せいぜつ)なものだった。

つまるところ、黒花だって恋人(こいびと)になにを求めればいいのかわからないのである。

なにやらムキになる黒花に、シャックスはポンポンと頭を撫(な)でて返した。

「まあ、そう焦(あせ)らなくても、これからは時間はちゃんとあるんだ。お互いな。ゆっくり考えていこうぜ」

「……はい」

わからないことは、これから少しずつ確かめ合っていけばいい。

黒花はまんざらでもなさそうにうなずくと、キュッとシャックスの裾を摑(つか)んできた。

その手を、シャックスはぎこちなくも握って返す。

「……っ」

「………」

まあ、こうして手を握れるようになっただけでも、進歩した方なのだ。

黒花も、それ以上はなにも言わずにキュッと握った手に力を込めるだけだった。

そのままお互い言葉を口にすることなく歩いていると、やがて黒花がぽつりと独り言のようにつぶやく。

「シャックスさん」

「なんだ?」

「あたしが髪を伸ばしたら、やってほしいことがあるんですけど、いいですか?」

「ああ、なんだってかまわないぜ?」

シャックスは、自然とそう答えられた。

この少女が望むのなら、無条件に応えよう。それがどんなことであっても。

黒花は、恥じらうように微笑む。

「この前、ネフテロスさまとリチャードさんがあることをしてたんで、それを真似してみたいなあって」

「へえ、なにをやってたんだ？」

「それは、その……」

なにか言いにくいことなのか、黒花は口ごもった。

根気よく言葉の続きを待ってやると、やがて黒花は消え入るような声でこう言った。

「髪に、口づけを、してたんです」

「へ？」

かあっと、黒花の顔が耳まで赤くなり、慌てたように手を振る。

「や、やっぱりなんでもありません！」

シャックスはうなった。

――あのふたり、いったいなにをやってるんだ？

黒花が知っているということは、人前でやっていたのだろうか。リチャードはザガンと違って分別のある男だと思っていたのだが。

心の中で呆れるも……。

――だが、髪に口づけ……って、どういうことだ？

思い浮かんだのは、親が子の額にそうする光景だった。あれは前髪に口づけするようにも見える。

なるほど、それなら確かに唇や頬にするよりもグッとハードルは下がる。……恥ずかしいものは恥ずかしいが。

不幸なことに、絶望的なまでに察しの悪いこの男にはそれがどんな行為なのかまるで想像できていなかった。

だから、気軽そうに笑い返してしまう。

「なんだ。そんなことでいいのか？」

「ふぇっ？」

まるで予期せぬ返事を聞いたように、黒花が跳び上がった。

シャックスは周囲をキョロキョロと見回す。あいにくと、人の通りはそれなりにある。

黒花がやってほしいのならやってやるが、さすがに通りのど真ん中でというのは常識に欠けた行為だろう。

「あっちなら人気もなさそうだな」

「え、え、えっ？」

シャックスは黒花の手を引いて、人気のない路地へと進んでいく。

突然歩く向きを変えたことでいくらかの視線を向けられたが、それ以上気に留めるような通行人がいることもなかった。

「よし、ここならいいだろう」

「ひひゅっ？　い、いいだろうって、いまっ、ですか——ふにゃあっ？」

「お、おい！」

なにやら気が動転しているらしい黒花は足を取られて——なぜかこんなところに棒切れが落ちている——後ろにひっくり返りそうになる。

シャックスはそれを支えようとするが、とっさのことでよろめき壁にドンッと手をついてしまう。

結果、黒花の肩越しに壁を手で突く姿勢になっていた。

「「……っ」」

鼻が触れ合うほどの距離。

旅先でも身なりに気を遣っているのだろう。ほのかな甘い香りが届く。

胸の前で錫杖を握り締める黒花の瞳には涙がにじむが、しかし決して拒絶の色は浮かんでいなかった。

震える桃色の唇に目が吸い寄せられ、シャックスも思わずゴクリと喉が鳴ってしまう。

——まずい。なんかいかがわしいことをしてるみたいだ。

バクバクと心臓が早鐘を打つ。

思えば、この少女は押せば倒れそうなほど華奢なくせに、なぜこうも無防備なのか。

その頬に触れてみる。

ぴくんと身を震わせるも、次の瞬間にはその手に顔をすり寄せてくる。

よくよく考えればこの少女はすでに成人していて、周囲にも認めてもらえたのだ。障害はなにもない。あるとすれば、シャックスの臆病さくらいのものである。

——って違うだろ！

髪に口づけをするという話である。

心の準備をするように、シャックスは問いかける。

「いいか、黒花？」

「……ッ、は、はい」

黒花もキュッと目を閉じて顔を上に向ける。

——なんかキスするみたいな雰囲気になってるけど、違うからな？

これで髪に口づけをすると逆に怒られそうな気もするが、唇でしてしまうとシャックスの理性が保たないだろう。

そうして、額に顔を近づけたときだった。

「――ッ」

黒花が、突然目を開いた。

その眼差しはいままでの愛らしいものではなく、刃のように冷たく鋭いものだった。

真紅の瞳が射貫いたのはシャックスではなかったが、一瞬前からの急落に思わず胸が大きく鳴った。

「――そこだ、くせ者！」

黒花は素早く袖の中から投げナイフを抜くと、路地の奥へと投げ放つ。

「え」

同時に、黒花が姿勢を変えたことでシャックスの前には三角の耳が突き出される。

驚いたシャックスは口を開けてしまい、その結果どうなったかというと……。

はむっと、黒花の三角の耳を口に入れてしまった。

「ふえ……？」

硬直する黒花。

やがてその顔が火を噴くように赤くなっていく。

「ふにゃぁ……？」

そのまま、ぐるぐると目を回してへたり込んでしまった。

「クロスケっ？」

慌ててその体を支えながら、シャックスは黒花がナイフを投げた先に視線を向ける。

そこには何者の姿もなく、壁に一本のナイフが突き立てられているだけだった。

――クロスケが、ナイフを外した……？

いや、あんな状況とはいえ、黒花がナイフを外すとは思えない。となれば、躱したということになる。

「……どうにも、ヤバそうなやつがうろついてるみたいだな」

これからシャックスが会う相手を考えれば、それも無理からぬ話であった。

◇

「――《妖精王》ネフェリア――……ですか」

魔王殿自室にて、ネフィは自分に与えられたその名前を独り言ちた。

新米の自分には過ぎた名前だと思う。元はネフィの母であるオリアスことタイタニア・ニムエ＝オベロンの通り名だったものだ。それを、ザガンが自分の誕生日に贈ってくれた。

初めて知る名前。

だが、ネフィはその名前を知っていた。

――そういうあなたは《妖精王》ネフェリアさんだったかしら――

《星読卿》エリゴルは、ネフィがその名前を与えられる前に、その名で呼んできた。

そのときはどういう意味かわからなくて聞き流していたが、あとから気になって調べてみたら母の通り名だったのだ。

おかげでザガンがその名前をくれたときにすぐ意味がわかったわけだが、あの〈魔王〉はそうなる前からすでに知っていたのだ。

《星読卿》には未来が視えている。

単純な予測ではなく、不可避の未来が。

そのエリゴルは、ネフィにこうも口にした。

――そうやって、あなたは世界を滅ぼすのだから――

すでに背を向け、走り出してはいたが、聞き違いではないはずだ。

恐らく、彼女から向けられた強い敵意の理由は、そこにあるのだろう。

――わたしは、これからなにをしてしまうのでしょうか……。

正直、買いかぶりもいいところの話だと思う。

ネフィが〈魔王〉の地位にいるのは成り行きによるところが大きい。他にもバルバロスやゴメリなど、自分よりもずっとふさわしい魔術師だっている。

そんな自分が世界を滅ぼすなど、逆立ちしたって不可能だと思う。

神霊魔法があるとはいえ、力ひとつで滅ぼせるほどこの世界の人間は弱くない。

そもそもネフィが道を誤るようなことがあれば、ザガンが止めてくれる。

ネフィは、ザガンの身になにが起きても絶対にザガンの味方である。それは盲信や隷属、崇拝ではなく、彼を愛しているからだ。

もしもザガンが道を誤っていると思ったなら、命を懸けて彼を止める。どんな手段を使っても。

ザガンだって、そう思ってくれている。

だって彼はどこまでも優しくて、そして厳しいのだから。

ネフィが世界を滅ぼすようなことがあれば絶対に叱ってくれる。止めてくれる。自分が好きになったのは、そんなネフィではないと言ってくれる。

そう確信しているからこそ、わからない。

――いったい、なにをどうしたら世界を滅ぼすようなことになるのでしょう……？

直接的な意味ではなく、なにかの比喩なのかもしれない。しかし《星読卿》がそう断言したからには、ただの妄言であるはずがない。

本当に避けようのない未来と考えるべきだろう。

『世界を滅ぼす呪い子』とかその手の悪罵は、すでに聞き飽いている。エルフの隠れ里にいたころは、それこそ挨拶代わりに投げかけられていたのだ。

まあ、実際に彼らはネフィが見捨てたことによって滅びたのだから、ある意味では間違っていなかった。

だが、エリゴルの言葉は、あのエルフたちとは違う。

「あれはたぶん、呪いなんかではなく〝助言〟なんです」

そのときに備えろという、助言なのだ。

少し話しただけだが、わかる。エリゴルは本来、優しくて強い人だ。〈魔王〉を形容するには滑稽な言葉かもしれないが、彼女は未来を変えられないと言いながらも、変えたいと願っている。

いや、変えようと、足掻いているのだ。

彼女は決して、未来を諦めてなどいない。

だから、ネフィはいまも彼女に共感している。敵意をぶつけられはしたが、それは隠れ里のエルフたちのように醜いものではなかったのだ。

エリゴルが与えてくれた助言を、役に立てなければならない。

備えるのだ。

ただ、そうすると最初の疑問に立ち戻る。

自分は、いったいなにをしてしまうというのか。

「やっぱり、もう一度彼女に会って、話を聞きたいです……」

そうして頭を悩ませていると、部屋の扉がコンコンと叩かれた。

「はい、どうぞ？」

「ネフィ、いる？」

顔を覗かせたのは、娘のフォルだった。

この子も〈魔王〉となり、自分の領地を持つようになった。最近はそちらにかかりきりでなかなか帰ってくることができなかったのだが、今日はこちらに来ていた。

思わず自分の顔がゆるむのを感じた。

「おかえりなさい、フォル」

そう言って両腕を広げると、フォルもぱたぱたと駆け寄ってきて胸に飛び込んでくる。

「ただいま、ネフィ」

子の成長は早いというが、フォルは特にそう感じられる。果たしていつまでこうして甘えてくれるかも定かではないのだ。ネフィは渾身の愛情を込めて抱きしめ返した。

「そっちはどうですか？　困ったことはないですか？」

「ネフィは心配性。大丈夫、難しいことはデクスィアやシュラたちが手伝ってくれてる」

「ふふふ、すぐにわたしなんかが手伝えることはなくなってしまいそうですね」

「ネフィはネフィのままいてくれるのが一番嬉しい」

そう言うと、フォルはネフィの腕から抜け出して膝の上に座り直す。

「今日の夕飯はなに？」

「香草のミートパイと子羊のスープ、デザートはマンドレイクのプリンですよ」

「……！　私の好きなのばっかり」

「せっかくフォルが帰ってきてくれたんですもの。ザガンさまも喜びますよ」

「えへへ……」

頭を撫でてあげて、それからネフィはふとフォルが口にした名前に気を留めた。

「そういえば、デクスィアさんとアリステラさんは、お変わりないですか？」

問いの意味はフォルもすぐに理解したらしい。真面目な表情でうなずいた。

「……大丈夫だと思う。〝虐げられし者の都〟を探してる人間も、いまのところはいない」

フォルの補佐についている双子の〈ネフェリム〉デクスィアとアリステラ。彼女たちのどちらか、あるいは両方は現在〈魔王〉グラシャラボラスに狙われている。

ただどちらを狙っているのかはグラシャラボラス本人も把握していないようで、一度交戦してからは露骨に襲ってくる様子はない。

――リゼットさんの方は大丈夫でしょうか？

彼女も同じ顔をした少女ではあるが、ザガンが言及しなかったところを見ると狙われる危険は低いのだろう。リゼットが住むラジエルには、ステラやギニアスたちもいる。〈魔王〉と言えど迂闊な真似はできない。

「諦めたとは思えないけど、いまは手を引いてるような気がする」

「それなら、よいのですけど……」

彼女たちも苦難の道を歩いてきたのだ。安心して暮らせるようになるといいのだが。

――ザガンさまにあれほどの手傷を負わせた方です。戦わずに済むなら、それが一番ですけど……。

しかし、黙って引き下がられると、逆に不気味である。

ネフィがいぶかっていると、フォルは話題を変えるように顔を上げた。

「そうだ。帰ってくる途中、ネフテロスに会った」

「ネフテロスに？　元気そうでしたか？　最近、あの子もいろいろ忙しそうですけど」

「しっぽ頭がポンコツから戻らなくなったから、大変だって言ってた」

「あー……」

あれから一か月も経つのだが、未だに立ち直っていないらしい。まあ、彼女の身に起きたことを思えば仕方のないことだが。

「これ以上、しっぽ頭をおもちゃにしたら、ネフテロスも怒るって」

「それは心配しなくても大丈夫だと思いますよ。ザガンさまも目的は達成できたみたいですし」

フォルは首を傾げる。

「便利屋としっぽ頭は未だにもだもだしてる。なのに、もういいの？」

「ザガンさまは聖騎士と魔術師を仲直りさせたかったんですよ。そのきっかけに、シャステイルさんたちの関係を見せたかっただけですから」

そう説明しても、フォルは釈然としない顔をするばかりだった。

「やっぱりよくわからない。みんな、しっぽ頭と便利屋は番いになったと思ってる。でも本当は付き合ってもなんでもない。事実と違うのに、それでいいの？」

ネフィは竜の角を優しく指先で撫でながら微笑み返す。

「ではフォル、実際にシャスティルさんとバルバロスさまがお付き合いをされていたとして、おふたりにそれを訊ねたらどう答えられると思いますか？」

フォルは小首を傾げて考え込む。たっぷり十数秒ばかりうなって、それから怪訝そうな声音でこうつぶやいた。

「『べ、べべべ別に付き合ってなんかねえし！』……って言うと思う」

見事に口調を真似られて、ネフィも思わず噴き出しそうになって顔を背けた。

「付き合っていてもいなくても、同じだと思いませんか？」

「……確かに」

重要なのはそんなふたりの姿を知らしめることであって、本人たちがお互いの関係をどう認識しているかは関係がないのだ。

あのふたりが互いを好き合っているのは周知の事実であり、そのくせそれを認めたがらない。その関係は付き合いだしても変わらないだろうし、であれば本人たちの認識など些細な問題に過ぎない。

——それに、おふたりはこんなことでもないとお認めにならないでしょうし……。

まあ、シャスティルには少々衝撃が大きすぎたかもしれないが、なにかあったらバルバロスが間違いなくフォローしてくれるから心配には値しない。

フォルはやはりわからないというように首を傾げる。

「恋というものは、やっぱり不可解すぎる。理解するのが難しい」

「まあ、いつかフォルも恋をしたらわかるようになると思いますよ」

そのときは、自分もザガンも、あとラーファエルも大騒ぎをするとは思うが。

それから、フォルはもう一度ネフィを見上げてくる。

「しっぽ頭のことはわかったけど、ネフィは大丈夫？」

「わたしがですか？」

「さっき、なんだか悩んでるみたいな顔してた」

子供というものは、親をよく見ているものらしい。

——フォルに心配かけているようではダメですね。

とはいえ、この子が魔術師としても〈魔王〉としてもネフィより先輩なのは事実だ。そんな娘を認めているなら、素直に話すべきなのかもしれない。

「そう、ですね……。実はこの前、エリゴルさまという方にお会いしたのですけど……」

ネフィは彼女から受けた〝予言〟を話した。

フォルは信じられないとばかりに目を丸くする。

「ネフィが世界を滅ぼす？」

「らしいです」

「どうやって？」

「それはわかりません」

フォルは深刻な表情でうつむく。

「ネフィがそうできる力があるとすれば、神霊魔法」

「かもしれませんが、それならお母さまやネフテロスにも同じことが言えると思うんです」

母であるオリアスの力は、〈魔王〉となったネフィでもまだ及ばないと思う。ネフテロスも人としての器を手に入れたことで、ネフィと遜色のない力を持つようになった。魔術師としての力を考えれば、むしろネフィが一番劣ると言ってもいいくらいだ。

にも拘わらず、ネフィなのである。

フォルは諦めたように頭を振る。

「ザガンには相談した？」

「……いえ、せめてなにか心当たりくらい見つけてから相談しようかと思って。いまは少々忙しそうですから」

「またなにかあったの？」

「聖剣のことで、少し。いまもウェパルさまという元魔王候補の方と熱心に議論を交わされているところですし」

「元魔王候補？」

フォルが眉をひそめる。

「フォルもご存じの方ですか？」

「ううん。その人は知らない。一年前の私は、他の魔王候補と関わりがなかったから」

そう答えて、フォルは「あ」と声をもらす。

「でも、ひとりだけ知ってるのがいる」

「親しかったのですか？」

その問いかけに、フォルはどこか強張った表情で首を横に振る。

「ううん。遠目に見ただけ。でも、なんだか怖かった」

「フォルがですか？」

驚いて問いかけると、フォルは身震いした。

「――《雷甲》のフルフル――まったく正体のわからない、得体の知れない魔術師だった」

〈魔王〉として確かな力を持ったいまなお、フォルは怯えるようにそう言うのだった。

◇

「……司祭さま。どうかお答えください。殉職したときの見舞金って、家族五人食っていけるくらいの金額なんですか？」

アリストクラテス教会懺悔室にて、ミーカは半べそをかきながらそう訴えていた。

礼拝堂の片隅に設置されたこの小さな個室の中には、大の大人がようやく座れる程度の空間がふたつ作られている。その仕切り窓の向こうには、頬の痩けた司祭が入っていた。

ここは小さな教会であるため、ラジエルのように司教はいない。

まだ三十代らしい司祭は、非常に困ったような声を返す。

「サラヴァーラ卿……。なんというか、それはわたくしの口からはお答えしかねる問いなのですが。というかここは罪の告白をする部屋なのですが」

司祭の悲痛な反応は、金銭の問いかけだからというだけではない。

ミーカは聖騎士長という立場にあるため、便宜上司教の地位を与えられているのだ。階級的に上の人間からこんなことを言われたら、それは誰だって困るだろう。

それでも縋る相手が彼しかいないミーカは訴えを続ける。

「聞いてください、司祭さま。俺はこの街で〈魔王〉の密会を監視しろと言われて派遣されてきたんです。聖剣なんて持ってても、俺の序列は最下位なんです。司祭さまは、俺が生きて帰れるとお考えですか？」

「……あー、ええっと、あなたほど若くして聖騎士長になった者は希と聞いております。いまはまだ難しいかもしれませんが、もっとご自分に自信を持つことが肝要ですよ」

司祭は気休めしか口にしてくれなかった。

——せめて一番下の弟たちが学校に行けるまで、生きていたかった……。

人の命のなんと軽いことか。

ミーカが死ねばエイラだって奉公に出ざるを得なくなるだろうし、そうなると家や母のことを弟たちだけでなんとかできるはずもない。

一家の危機なのだ。

――せめてもうひとりくらい、助っ人がいてくれてもいいのに……。

なのだが、司祭は楽観に満ちた声で言う。

「サラヴァーラ卿。此度の任務、ディークマイヤー卿の推挙とお聞きしています。彼女はつかみ所のない人柄とはいえ、腕は確かと聞いております。そんなディークマイヤー卿があなたを認めてくださっているのです。どうか自分を信じてください」

その言葉に、ミーカは絶望を深めた。

――俺、ディークマイヤー卿にも見限られてたのか……。

彼女は加減というものを知らないが、存外に人柄はおおらかなのだ。

まったく進歩しなくても『人には向き不向きがあるんだから、ミーカも向いてることを伸ばせばいいよ』と言ってくれた彼女の言葉に、どれほど救われたことか。

なのだが訓練中も結局一本取ることは疎か、剣を当てることすらできなかったのだ。才能がないと断じられても無理はなかった。

すっかりしょぼくれて、ミーカは懺悔室を後にするのだった。

「ごめんよ、エイラ。兄ちゃん、ここまでみたいだ……」

下を向いていると涙が出てきそうで、ミーカは上を向いた。

真っ青な空には薄い雲がまだらに浮かび、穏やかな陽射しが降り注いでいる。

アリストクラテスは寂れてはいるが、穏やかで住み心地のよさそうな街だ。聖騎士長なんかになっていなければ、こんな街で小さな店なんて開いて過ごしたかった。

そんな街の様子を眺めていると、ふとひとりの少女が目に留まった。

肩にかかる髪はカラスのような濡れ羽色で、その上にはふんだんなフリルで飾られたヘッドドレス。真っ黒なワンピースはくるぶしまで隠れるほど長く、その上にもやはりヒラヒラとしたエプロン。手には肘まである長い手袋を嵌め、良家の侍女といった姿だ。

少女は困ったような顔で、周囲を見渡している。

なにかを探しているようだが、行き交う観光客が少女を気に留める様子はない。

「……放っては、おけないよなあ」

見てしまったのだから仕方がない。

ミーカは通行人の合間を縫って、少女の下に駆け寄る。

「そこの君、落とし物でもしたのかい？」

「……」

少女は驚いたようにミーカを見上げるが、緊張しているのかその表情は硬く、まるで人形のようだった。

歳は十五、六だろうか。ミーカと同年代に見える。くるりとした大きな瞳は菫色で、どこか不思議な雰囲気を持っている。

そんな少女に、ミーカは思わずポカンと口を開けて見入ってしまった。

なんというか、見事にミーカの好みど真ん中だったのだ。

「……？」

少女はじっとこちらを見上げて、小首を傾げる。それで、ミーカも我に返った。

「あ、えっと、俺は怪しい者じゃない。聖騎士だ。困っているなら力になるよ……なりますよ」

聖騎士であることなど見ればわかることだが、初対面の人間にはついこう名乗ってしまうのはミーカの悪い癖だ。あと焦ると『結構』を連呼してしまうのもそうだろう。

なんだかナンパでもしているような気分になってきたが、ミーカはできるだけ毅然とした口調で言う。

すると少女も少しは安心したのか、ようやく口を開いた。

「聖騎士、です？」

春を囀る小鳥のような、綺麗な声だった。

思わず陶然としながらも、ミーカはなんとかうなずく。

「うん、そう。聖騎士」

少女はエプロンの中からごそごそと一枚の紙切れを取り出す。

「魔術師（ロマンス）に夢中、の人です？」

「……いや、それは違う人」

「そう、ですか」

やはりというか、リルクヴィストの記事だった。

――なんというか、独特な雰囲気の子だな……。

少女はなにやら落胆したように肩を落とすと、ゴシップを丁寧に畳んでまたエプロンの中にしまう。

「そ、それで、なにかあったのかい？　さっきからキョロキョロしてたけど」

「ご主人さまを捜索？　捜す、してます？」

少女の答えはなぜか疑問形だった。

「ええっと、はぐれちゃったとか？　この辺の人じゃないの？」

そう聞くと、少女は小さく首を横に振る。黒い髪がしゃらしゃらと揺れて、花のような淡い香りが鼻をくすぐった。

「この辺の人じゃない、です。はぐれた？　は、不明。いつの間にか、いなかった、です」

「それをはぐれたって言うんだと思うよ……？」

「なるほど？　いなくなる、は、はぐれる。覚えました」

ミーカは苦笑しながら問いかける。

「じゃあ、この街の中にはいるのかな？　どこに行くとか言ってたか、わかる？」

しかし、少女はまた首を横に振る。

「目的地？　は、不明です。街にいるか、も、不明です」

「うーん、じゃあ、なんでこの街に来たかはわかる？」

この問いにも、やはり少女はふるふると首を横に振る。

「目的は、不明です。ご主人さま、しゃべるは難しい、苦手、です」

「あー……。そうなんだ」

ということは、この少女のしゃべり方も、そのご主人さまの口調譲りといったところだろうか。

いずれにしろ、彼女にはなんの説明もなかったようだ。

「そうか。困ったね。ええっと、どうしよう。教会で待ってみる？　迷子なら教会に探しに来てくれるかもしれないよ？」

この提案にも、少女は首を横に振る。

「ご主人さまは、教会は、近づくな、言ってました」

「え、なんで？」

「ご主人さまは、教会、嫌い？　敵？　みたいに、言ってた、です」

ミーカは青ざめた。

――え、教会が敵って、魔術師とかじゃないの？

そんなミーカの反応に、少女は言葉に自信がなくなったように首を傾げる。どこかで扉でも開いたのか、キイッと軋むような音が聞こえた。

「言葉、正しい？　合ってる、ですか？」

その反応から、ミーカは別の可能性に気付く。

――もしかして、言葉が違うような辺境から来たのかな？

北の聖地や東の島国リュカオーンの一部では、言葉が違う地域もあるという。そうした地域には教会の勢力も届いていないため、宗教的に相容れないなんてこともある。嫌いとか敵というのは、そんな意味とも考えられるだろう。

そういう場所から来たのなら、彼女のたどたどしいしゃべり方も無理はない。

ミーカは安心させるように笑ってうなずく。

「ああ、うん。だいたい伝わってるから大丈夫だよ？」

少女の言葉を整理してみる。

――侍女を従えて遠方からやってきたってことは、それなりに立場のある人だよな？

となると、繊細な問題を孕んでくるかもしれない。

つい先日も、リュカオーンの王族筋の人間がお忍びで教会の司祭をやっていたことが発覚し、あちらの国から猛抗議が入ったのだ。

そんなのはリュカオーン側の問題だろうとは思ったが、配属された部署がどうにも表に出せないようなところだったらしい。おまけに当人も結構な地位と剣の腕の持ち主で、数百年ぶりに〝剣聖〟の称号を得ることになっているような人物だとか言う。

教会としては露骨に弱みを握られた格好である。

そんなわけで、いまは魔術師とのそれ以上に、教会とそれ以外の勢力の関係はピリピリしているのだ。

そうした状況下でその〝ご主人さま〟が素直に教会を頼るかと言われれば、微妙なところだろう。

ミーカは悩んだ。

――一応、俺も仕事でここに来てるんだけど……。

とはいえ、〈魔王〉の監視などそもそも無理な話である。監視できるような距離まで近づいたら、そのまま殺されて終わりだろう。

「――よし！　わかった。俺がいっしょに捜してあげるよ」

十六歳のミーカである。死ぬとわかっている任務と目の前の困っている女の子とで、後者を選んでしまうのは仕方のない結論だった。

――まあ、ちょっと寄り道するだけで、逃げるわけじゃないし……。

逃げれば殉職手当てにも響く可能性がある。任務放棄だけは、あり得ないのだ。

少女はキョトンとして首を傾げる。

「私はいま、金銭を所持してない、です」

「人聞きの悪いこと言わないでくれないかっ？」

「人の親切は、有料？　お金かかる、聞きました」

まあ、無償で誰かを助けるなんて話もうさんくさいものだ。彼女のご主人さまもそれくらいのことは教えてくれていたようだ。

ミーカはできるだけ優しい声で語りかける。

「その、困ってる人を助けるのは、聖騎士の義務なんだよ」

「そう、ですか？　私の役目は、ご主人さまをお助けすること、です」

なにを張り合っているのか、少女は自慢げに胸を張ってそう返した。

ただ、その言葉からふと気付く。

「助けるって、もしかしてそのご主人さまは体が悪かったりするの？」

「体、悪い？　不明です。ただ、歩くとき、いつも杖を、持っている、です」

「杖……。てことは、お年寄りだったりするの？」

「お年は、不明です」

自分のご主人さまだというのに、なんともわからないことだらけである。

――まあ、しゃべるの苦手な人らしいからな……。

ミーカはメモ帳を取り出し、聞き出せることだけでもまとめていく。

「じゃあ、ご主人さまの見た目の特徴を教えてもらえるかい？」

そう聞くと、少女はいまさら警戒するように身を退いた。

「なぜ、ご主人さまの特徴、知る必要がある、ですか？」

「その人を捜しに行くんじゃなかったのっ？」

「はい。そう、ですが？」

さも不思議そうな顔で返され、ミーカは頭を抱えた。

「特徴くらいわからないと見つけようがないでしょっ？」

「なるほど、その観点は、なかったです」

さも名案を聞いたとばかりに、少女は小さく拍手をしてきた。

それから、考え込むようにしばし沈黙すると、難しそうに口を開く。

「ご主人さまは、男の人です」

「うん」

「はい」

「……いや、他にはっ？」

少女は『なんでわからないの？』と言わんばかりにまばたきをして、小首を傾げる。

「なにを答える、正しい、ですか？」

「あ、うーん。そうだね。髪型とか何歳くらいに見えるとか、あと背丈とか」

「髪は、私より短い、です」

「男の人だとそういうのが多いよね」

「あと、私より、年上？　に、見えるようです」

「ご主人さまならそういう場合が多いよね」

「背は、私より大きい、です」

「そうかー。君、小柄だもんね」

ミーカは笑顔に冷や汗を伝わせた。

――どうしよう。男の人ってことくらいしかわからない。

でもまあ、少女なりに一所懸命答えてくれたことなのだ。この情報を手がかりに捜す他ないだろう。

「えぇっと……あ、そうだ！　外から来た人なら、今日寝るところが必要だろう？　宿を捜すっていうのはどう？」

「名案、妙案、と思われます」

ほうっと吐息をもらして、少女は何度もうなずいた。

その仕草は妹のエイラにも少し似ていて、ミーカも思わず笑みをこぼした。

ひとまず、この街の主要な宿の場所くらいは把握している。観光地だけあって数は多いが、大きいところから捜していけばなにか手がかりは手に入るだろう。

まずは手近な宿を潜ってみる。

「――侍女とはぐれた紳士ですか？　ちょっとわかりませんね」

「そうですか。なにかそれらしい方がいたら、教会までご一報願います」

まあそんなすぐに見つかるはずもなく、一軒目は空振りに終わってしまう。

宿主にひとつ頭を下げると、少女もそれに倣（なら）ってぺこりと腰（こし）を折る。

それから通りに戻ろうとすると、ちょうど目の前をひとりの老紳士が横切るところだった。

「――っとと、危ないよ」

ミーカは反射的に少女の前に手を出して止めるが、代わりに自分が前に出てしまう。

結果、ミーカの方が老紳士にぶつかってしまった。

「……ほう？」

「す、すみません！　お怪我（けが）はありませんか？」

ミーカが慌（あわ）てて頭を下げると、老紳士はなにやら毒気を抜（ぬ）かれたように肩の力を抜く。

それから帽子（ぼうし）を脱（ぬ）いで柔和（にゅうわ）な笑みを浮かべた。

「否（ノウ）、こちらこそ不注意で申し訳ない。そちらこそお怪我はありませんかな、坊ちゃん（ボウイ）。

それにそちらのお嬢さん（レディ）」

その老紳士は右眼に片眼鏡をかけ、手には犬の頭を模（かたど）った杖（ステッキ）と腰に異国風の剣を下げる燕尾服（えんびふく）姿だった。

ミーカは少女と顔を見合わせ、ほっと胸をなで下ろす。

「はい。大丈夫です」

「ならば上々。今宵は実に楽しい夜になりそうでございます。なのに怪我をされてはもったいのうございますからな」

「楽しい夜……？　お祭りでもあるんですか？」

ミーカの疑問には答えず、老紳士は帽子をかぶり直す。

「それではごきげんよう。坊ちゃん、それにお嬢さん。よい夜を」

そう告げると、老紳士は悠然と去っていった。

空を見上げてみると、陽は傾き始めているものの、沈むまではまだ数刻とかかるだろう。

「気の早いお爺さんだったね？」

「はい。そうです？」

わかっているのかいないのか、少女はまた首を傾げる。

自分たちが、どんな怪物と対面していたのか、知る由もなく。

「……はあ。これから、どうすればよいのだ」

珍しく自宅で夕食を取っていたシャスティルは、深いため息とともに弱音めいた言葉をもらした。

本日は休暇ということもあって、髪を降ろして服も飾り気のないシャツとスカートという簡素な格好である。

バルバロスとの仲というか、デートの実況解説というか、とにかく付き合いの一部始終を大陸中に垂れ流されて早一か月。執務中も些細なミスを連発し、とうとうネフテロスから一度きちんと休めと追い出されてしまったのだ。

あれ以来、バルバロスとも気まずくてちゃんと話もできていない。いまも足元の〝影〟の中にはいるし、こちらのことを見てくれてもいるようではあるのだが。

緋色の髪はくしゃくしゃにもつれ、同じ色の瞳にはこのところ常に涙が浮かんでいる。上の空で作った料理はいつも輪をかけて無残な見てくれとなっている。親友のネフィ

が見たら厨房を閉鎖しかねない――以前、シャスティルが料理を作ったら『精霊が絶命しかねないのでお引き取りください』とやんわり追い出された――劇物だ。

当然、味も相当なもののはずだが、いまはなにを口に運んでも味などわからない。

聖騎士長として、そして共生派筆頭として、やらなければならないことはいくらでもある。なのに、色恋ひとつでこの体たらく。

――シャキッとしろ、シャスティル！　兄さまの背中を目指して聖剣を手にした私の覚悟は、この程度のものだったのか？

自分の頬を叩いて活を入れるが……。

「ところでシャルちゃん、バルバロスくんはいっしょにご飯はしないの～？」

「へぶうっ？」

向かいの席の母から投げられたひと言に、シャスティルは口に入れた黒焦げの肉片――確かハンバーグを作ったはず――を噴き出した。

シャスティルの緋色の髪と瞳は母譲りのものだが、この母は緊張という概念とは無縁のところにいるらしい。常にぽやぽやと微笑んでおり、四十路も半ばという歳でありながら街で蝶を追いかけて迷子になったりもする。

　歳の割には若く見える外見だが、そもそも精神年齢がシャスティルと同程度、あるいは下にすら思える人物だった。

「なっ、なななな、なにを言うの、お母さん！」

「あら〜、だってバルバロスくんって、いつもシャルちゃんのお部屋で紅茶を飲んでる妖精さんでしょう？　せっかくおうちでご飯食べてるんだから、来てもらえばいいのに」

　母はシャスティルとは対照的におっとりしており、よくも悪くも世間知らずだった。聖騎士と魔術師が付き合えるわけ——

「……って、なんでお母さんが紅茶のこと知ってるのっ？」

「え、隠してるつもりだったの〜？　ダメよ？　うちの壁、薄いんだから声くらい気を付けないと」

「ふえっ？　屋敷自体はちゃんとしたものだと思ってたのだが」

「昔はしっかりしてたかもしれないけど、いまはもうシロアリさんに食べられてボロボロなんだから。音だってほとんど筒抜けよ〜？」

　シャスティルは顔を覆った。

　別にやましい気持ちはなかったのだが、改めて人から指摘されるとものすごく恥ずかしくなる。

「……聞こえていたなら、言ってくれればよかったじゃないか」

「だっていつも楽しそうにおしゃべりしてるから、邪魔しちゃいけないと思って……」

どうやら、この様子では本当に最初から全部聞かれていたようだ。

「べ、別にやましいことなどなにもない」

「いいのよ〜。気にしないで。シャルちゃんったら、ずっとお仕事一辺倒で、もう女の子辞めちゃったのかってお母さん心配してたんだから〜」

「そ、そういうのじゃ——」

否定しようとして、できなかった。

——っ、付き合ったりしてるわけじゃないけど、誕生日を祝ってもらえたのは嬉しかったんだ……。

つい、自分の耳に触れてみると、プレゼントにもらったピアスが指に当たった。

「プレゼントにもらったピアスも毎日つけてるじゃないの〜」

「こっ、これは毎日付けてないと穴が塞がっちゃうって言われたからだもん！」

誕生日の日に、耳に穴を空けてもらったのだが、やはりというかバルバロスのやり方はあまりよくなかったらしい。そのあと、ウェパルが訪ねてきてちゃんと消毒等の処置をしてくれた。本当にいい人だと思う。

――あの人、あれで男の人なのか……。

シャスティルもつい女友達のような感覚で話してしまったが、彼が帰ってから男だということを思い出して複雑な気持ちになった。

――いや、私があんな女らしさを身に付けるのは不可能だ。現実を見よう。

煩悩を振り払うように頭を振って、それから母が妙なことを口にしていたことに気付く。

「ところでお母さん、妖精さんって、なに？」

「バルバロスくんのことよ～？　シャルちゃんはお名前教えてくれないし、かと言ってお母さんから聞くのもよくないかなって。あの人、お母さんがお皿引っくり返したときもときどき助けてくれるのよ？　だから最初は妖精さんでも住み始めたのかなって思って」

おかしそうに笑うこの母も、シャスティルの母だけあってうっかり者である。

それも、この屋敷がボロボロである原因の何割かは、彼女のうっかりにあるというほどだ。シャスティルのそれとはうっかりの次元が違う。

「あ」

その証明のように、母は胡椒挽きを倒してしまう。

それ自体はシャスティルもよくやる……いや、たまにそういうこともあるといううっかりではある。

　だが、母のうっかりはそれだけに止まらない。

　胡椒挽きはフォークの上に倒れ、先端を押して持ち手を撥ね上げる。くるんとテーブルから宙へと舞ったフォークは、今度は花瓶にぶつかりそれを倒してしまう。

　倒れた花瓶はテーブルから転がり落ち、その先をちょろちょろしていたネズミの上に落ちてしまう。

「あ、あ、あ、」

『ミッ？』

　驚いたネズミは跳び上がって走り回り、棚にぶつかってさらにその上の額縁を倒し、それは次に壁に掛けられた装飾剣に接触して留め具を壊してしまう。

　シャスティルと母がそれを呆然と目で追っていると、装飾剣は壁から落下して周囲のものをはね飛ばしてけたたましい音を響かせる。

　だが、ようやく止まったと胸をなで下ろそうとして、しかし棚から落とされたらしい真鍮の置物が宙を舞っていることに気付く。その置物は、吸い込まれるようにテーブル真上のシャンデリアを直撃し、ベキッと嫌な音を立てた。

　胡椒挽きを倒したことで引き起こされた連鎖は芸術的なまでに加速し、頭上のシャンデリアを破壊することで完結した。

「あら～」

「なんでええええええええっ？」

真っ直ぐ落ちてくるシャンデリアに悲鳴を上げると、シャスティルの足元で〝影〟が蠢いた。

『……なあ。お前のお袋さん、実は呪われてんじゃねえの？』

シャンデリアは、テーブルに衝突する寸前で宙に縫い止められていた。

〝影〟の中からぬっと顔を出したバルバロスも、気まずさを忘れて青ざめている。

シャスティルはムッとして言い返す。

（人の母親を不吉なものみたいに言うな。でも助けてくれてありがとう）

『俺の目を見てもう一度言ってみろ』

毅然として返すも、シャスティルの視線は宙を泳いでいた。

それから、バルバロスはどこか落ち着かないように体を揺すりながら口を開く。

『つーかお前、シャルって呼ばれてんの？』

（うっ、それはその……母は変なあだ名を付ける癖があるから）

小声で囁き合っていると、母がムッとした声を上げる。

「変じゃないわよ～。ちゃんと可愛いじゃない。ねえ、妖精さん？」

『……妖精って、俺のことかよ』

話しかけられて、バルバロスもしぶしぶといった様子で〝影〟から出てくる。

当然のことながら、いまは普段通りのボサボサの髪にアミュレットたっぷりのローブという、魔術師丸出しの格好である。ピアスはしていない。

「あら～。妖精さん、背が高いのね～。やっと姿を見せてくれたわ。ゴシップで見るよりずっと格好いいじゃないの～」

「……っす」

バルバロスはいかにも反応に困ったように、それだけ返した。

あの暴露ゴシップは、当然のことながら母にも見られたし、なんなら部屋にも貼って飾られている。本当にやめてもらいたいが、自室以外は全部撤去させたのでこれ以上は強く言えなかった。

母はテーブルから椅子を引くが、長いこと使っていないので埃まみれだった。それを手で払うと、料理の載った食卓に埃が舞った。

「けほけほっ、こんな椅子しかなくてごめんなさいね～？」

「いや、おかまいなく……っす」

「……っす？」

かしこまっているバルバロスという怪奇(かいき)現象に、シャスティルは二度見、三度見と繰(く)り返した。

「ほっとけ、シャ、ャルちゃ、ゃん」

「～～っ、あ、あなたはなんでそういうことを言うかな。外でその呼び方をしたら許さないからな！」

「はっ、別にいいじゃねえか。可愛いあだ名だろ？」

きっと、彼はいつも通りの軽口を返したつもりだったのだろう。しかしシャスティルは自分の顔が真っ赤になるのを感じた。

「か、可愛っ？　可愛いって……」

「はーーーーっ？　そんなこと言ってねえだろ！」

「いま言っただろうっ？」

「言ったわよね～。シャルちゃんが可愛いって」

「「そこまで言ってない！」」

横から口を挟む母に、ふたりの声は見事に重なった。

母が困ったように首を傾げる。

「ふたりとも～。ご近所に響くから、もう少し声は落としてね～？」

これまでの会話もだいたい外にダダ漏れだった事実をいまさら認識し、シャスティルとバルバロスは顔を覆った。

母は悪びれた様子もなく続ける。

「でも、妖精さんにもあだ名があった方がいいわよね～」

「いや、俺はいいから……っす」

「そうね～。ロスくんだと安直すぎるかしら。でもバスくんだとちょっと響きが――」

まるで人の話を聞いていない母に、バルバロスも苦虫をかみ潰したような顔をシャスティルに向けてきた。

――私に助けを求められても困るぞ。

シャスティルにどうにかできるのなら、そもそも母のことで苦労などしていない。

頭を抱えていると、母はなにか思い出したように手を叩く。

「そうだったわ～。呪いっていうのもあながち間違いじゃないかもしれないわね～」

ひとまずあだ名のことから気が逸れたようで胸をなで下ろそうとして、シャスティルとバルバロスは耳を疑った。

「どういうこと？」

「お母さんもシャルちゃんくらいの歳のころは、せいぜい毎日花瓶を割ったり転んだりするくらいだったのよ～」

「それでも相当なもんだろ」

思わずバルバロスでも突っ込むくらいには、母も若いころから駄目な人だったようだ。

「でもね～。それがいつの間にか、だんだん割った花瓶が他のものを壊したりとか、ぽろぽろと〝うっかり〟が繋がるようになっちゃったのよね～。気のせいかしらと思ってたんだけど、改めて考えてみるとちょっとだけ変よね？」

「どこから突っ込めばいいかわからないが、お母さんでもちゃんと疑問に思っていたことに少しホッとしたよ」

「おいそこじゃねえだろ」

すっかり青ざめて、バルバロスが声を荒らげる。

「お前わかってんのか？　お袋さんの話が事実なら、お前のポンコツも加速するってことだぞ。遺伝なのか呪いなのかしらねえけど、このまま行くと俺の介護なしじゃ生きていけなくなんぞ」

「介護されるほどポンコツじゃないもん！」

「そうよね。介護じゃなくて愛情表現だものね～」

「「qあwせdrfgtyふじこlp;@:っ?:」」

容赦のない母からの狙撃に、シャスティルとバルバロスは揃ってもんどり打った。

――しかし、呪いだと……？

ザガンやステラの身に降りかかった呪いというものを、聖騎士としてシャスティルは目撃してきた。

あんなものが、リルクヴィスト家に降りかかっているというのだろうか。

だとすると、兄が早死にしたのもそれが関係あるのだろうか。

深刻な表情をしていると、母がまたポンと手を叩く。

「あ、そうだった。それでバルくん、ご飯いっしょに食べていかないかしら～」

「バルくんって……いや、もうそれでいいけど……っす」

なにやら観念した様子で、バルバロスは汚れた椅子に腰を下ろす。

それからテーブルに置かれたスコーン——だったと思うのだが黒焦げのもの——をひょいと口に放り込む。

「……不味っ」

「失礼な！」

そんな様子に、母は朗らかに笑う。

「でも食べてくれるのね～」

「……食いもん粗末にすると、ばかすか殴ってくる知り合いがいるもんで」

バルバロスが席についたことで、シャスティルと母も食事を再開するのだった。

「ところで、ふたりは結婚したらここに住むの？　それともバルくんのところに住むの？」

「「げぼごほぐげっ」」

激しくむせ返ったふたりは、とうていその質問に答えることなどできなかった。

——もう、家で食事をするのは止めよう。

翌日から、シャスティルもなんとか〝職務中〟に戻れるようになったという。

余談だが、呪いのことは後日ザガンに相談したらこう言われた。

『貴様のポンコツを呪いのせいにするな。貴様のポンコツは貴様が貴様だからだ』

「――落ち着いたか、クロスケ?」

ところは変わってアリストクラテス。陽も落ちてきた酒場の片隅。出された水をくいっとひと息に飲み干す黒花に、シャックスが気遣う声をかけてくれる。

まさかの耳を甘噛みされてしまった黒花は、腰が抜けて動けなくなってしまった。

この歳になって人前でおんぶされるというのは――思い返すとよくあるような気もするが――羞恥の極みである。

それはまあ、嬉しいか嫌かで言うと嫌だったわけではないが、恥じらいというものは理屈ではないのだ。

黒花は顔を覆うと、蚊の鳴くような声でささやく。

「……その、シャックスさん。女の子のああいうところは、とてもデリケートなところなので、もう少し優しくしてくれると、助かります。なんていうかあの、ベッドの上とかでなら大丈夫ですけど」

「人聞きの悪いこと言わないでくれないかっ？」

思わず批難の声を上げると、シャックスは鼻白んで悲鳴を上げた。

まあ、いまのはちょっと黒花の言い方が悪かったかもしれない。店内がざわめいてシャックスに怪訝な目が向けられている。

だが、黒花にそれを気遣う余裕はなかった。

——どうしよう。シャックスさんが積極的過ぎる！

いつからだろう。リュカオーンに里帰りしてからだろうか。それとも彼がアンドレアルフスと修行してからだろうか。いや、恐らくシャックスが〈魔王〉となってからだろう。

それまで子供扱いされるばかりで、まったく振り向いてもらえなかったのだ。ひたすら黒花が猛攻をかける関係だったというのに、突然抱き止めてくれるようになった……どころか逆にぐいぐい押し返してくるようになったのだ。

こうなることを望んでいたはずなのに、いざ立場がひっくり返るとあたふたするばかりでちっとも応えられなかった。

——なんたる体たらく！　それでもアーデルハイドの剣侍ですかッ！

しかしながら、こうしているいまもシャックスは心配そうに頭を撫でてくれているのだが、それだけで心臓がバクバクと鳴って思考が追いつかなくなってしまう。

「店主、軽くつまめるもんと、あとこいつにもう一杯水を頼む」

「あいよ、毎度あり」

黒花の頭を撫でながら、シャックスは料理を注文する。

目の前に新しい水が注がれたことで、黒花は気を落ち着かせるようにちびちびとそれを舐める。

そうして幾分か脈拍が落ち着いてくると、シャックスが微笑ましそうな視線を向けてきていた。

「な、なんですか、シャックスさん？」

「いや、相変わらずお前さんは可愛いなと思ってだな……」

「かひゅ……っ？」

さっきからシャックスが妙に褒めてくれる。嬉しいが、動揺が大きすぎてまともに受け答えすらできない。

このままでは押し切られる。

「そ、そういうシャックスさんも、かっこよくなりましたよね！」

緩みそうになる頬を両手で押さえながら、黒花は果敢に攻めて返した。

そんな一撃に、シャックスはというときょとんとして、やわらかく笑った。

「バーカ、恥ずかしいこと言ってんじゃねえよ」

ほのかに照れたように頬をかきながら、ポンと頭を叩かれた。

——大人の余裕ー！

その余裕に、ドキッという高鳴りとともに顔が赤くなるのを自覚した。

「……大丈夫か、クロスケ？」

テーブルに突っ伏した黒花は、ようやく理解した。

——あたしには、守りの手札がないんだ。

黒花は〈魔王〉すら斬り伏せる最強の剣侍である。

その強さの秘密は〝見切り〟にある。

かつて目の光を失ったがゆえに手に入れた力。相手の呼吸、歩の踏み方、間合い、全てを読むことで剣も魔術も制してきたのだ。

それでいて、魔術師への復讐のために取った剣は、ひたすらに鋭く苛烈だった。

その戦い方は、恋愛に於いても変わらなかった。

首級を獲るためなら死んでもかまわないとばかりに、刺し違えるつもりで一切の防御すら投げ捨て、一直線に最短距離を全力で斬り込んできたのだ。

そうして見事首級を挙げたいま、黒花は無防備にシャックスの間合いに立つことになっていたのだ。

いや、だったら成り行きなりなんなりに身を任せればよい話ではあるのだが……。

——心臓がっ、呼吸がっ、ついていかない！

ねだればなんでも応えてもらえるような状況に、黒花は免疫がないのだった。

シャックスは、そんな黒花の心境すら見透かしたように、優しくまた頭を撫でてくる。

「まあ、俺もこういう状況にはなかなか慣れないが、俺がいる。ひとりで気負うな」

「シ、シャックスさん……」

これが覚悟の決まった男というものなのだろうか。

比喩抜きにこの男がこんなに格好よく見えたのは初めてかもしれなかった。

そうして肩に寄りかかろうとしたときだった。

「お前の剣を躱すなんて並の相手じゃないが、ふたりいっしょならあのおっさんにも負けなかったろ？」

至極真面目な表情をしたシャックスが、なにを言っているのか理解できなかった。

「…………くうっ」

「どうしたクロスケッ？」

テーブルに頭を叩き付けた黒花に、シャックスが困惑（こんわく）の声を上げた。

——そうでした。なんか妙なやつに見張られてたんでした。

そいつのせいでシャックスに耳を食べられることになったのだ。

しかもとっさの一撃とはいえ、黒花の投剣を躱したのだ。魔術師なら元魔王候補クラス、聖騎士なら上位聖騎士長クラスの手練（てだ）れである。

シャックスの警戒は当然のことであり、彼は黒花が相手を取り逃（に）がしたことで消沈（しょうちん）していると考え、励（はげ）ましてくれていたのだ。

——頭の中がお花畑だった……！

二重の意味の恥（はじ）に、黒花は気を落ち着けるのに努力が必要だった。

それでも、黒花とて元暗部（アザゼル）の精鋭（せいえい）である。肺の中が空になるまで息を吐（は）くと、瞬時（しゅんじ）に頭を切（か）り替えた。

「すみません。もう大丈夫です」

「そうか？　まだ顔が赤いが……」

「大丈夫なんです！」

平静を主張すると、黒花はいつの間にか運ばれてきていた料理に手を付ける。

「あのとき、まあああいう状況だったので手加減はできませんでした。にも拘わらず逃げられたということは、相当な手練れだと思われます」

「だな。お前のナイフにも血は付いていなかった」

シャックスは回収してくれていたらしいナイフをテーブルに置いた。

確かに刃には血痕ひとつ残っていなかった。

「何者だと思う？」

「そうですね……。これから会う相手を考えれば、誰に狙われてもおかしくないとは思いますけど」

そう前置いて、黒花は一度言葉を句切った。

――あの感覚、どう説明すればいいのかな……。

あの瞬間、奇妙な感覚を覚えたのだ。

少し考えて、黒花はありのままを答えることにした。

「……実は、本当に見られていたのか、自信がないんです」

「なんというか、まるで気配を感じられなかったんです。もしかしたら、あたしの勘違いだったのかも……」

声は見る見るしぼんでいき、情けないほど不安なものになってしまった。

頼りない黒花の言葉に、シャックスは首を横に振る。

「お前は気のせいでナイフを投げはしない。見られていたのは事実のはずだ」

迷うことなく、そう断言した。

「気配を感じなかったのなら、なにを感じたんだ？」

「はい。あのとき、シャックスさんがキ、キスしようとしてくれたじゃないですか？」

「キスじゃないんだが！」

なんとなくそんな気はしていたが、シャックスは唇に口づけするつもりではなかったらしい。

また顔が赤くなってしまうのを自覚したが、いまは真面目な話をしているのだ。

「それで、監視もちょっと戸惑ったんじゃないかと思うんです。なにかの物音がして、それで初めて〝見られてる〟って思ったんです」

「……なるほど」

「どういうことだ？」

言葉にしてみると、驚くほど根拠がなかった。気が動転した黒花の早とちりとしか思えなかった。

なのだが、シャックスはそれを情報と吟味するように口を開く。

「お前が感知できないってことは、魔術と考えるべきか……？」

「どう、でしょうか……。昔の話ですけど、うちの母なんかは、あたしは一度も気配を掴ませてもらえませんでした。そういう達人ということも」

「いまのお前が気配を掴めないような達人か？　そりゃあもう人間じゃないだろう」

「あの、あたし一応、女の子なんですけど……？」

喜んでいいのか怒っていいのか微妙な言葉ではあったが、言わんとすることはわかる。

聖騎士長でそれができるとすれば、恐らくラーファエルだけだ。ステラやシャスティルあたりでも不可能。ザガンや二代目銀眼の王あたりでも、黒花にまったく気配を悟らせないというのは難しいだろう。

「魔術で気配を遮断するようなことなんて、できると思います？」

「というよりは、お前の感覚を狂わせた可能性がある。元魔王候補あたりでも簡単なことじゃないだろうが、不可能じゃあない」

「なるほど……」

黒花もいままで出会ったことはないが、技術的には可能ということらしい。

――下手をすれば〈魔王〉クラス……ということですね。

その可能性から、黒花は慎重に口を開いた。

「あるいはその両方……ですか？」

「……だな」

すでに〈魔王〉にして聖剣所持者でもあった最強の男――アンドレアルフスという事実があるのだ。他に同じような力を持つ〈魔王〉クラスの魔術師がいても不思議はない。

――たとえば、《殺人卿》グラシャラボラスなんていうのも……。

ザガンからの情報では、剣聖の称号を持った元聖騎士の〈魔王〉がいるらしい。それがマルコシアスの配下にいる。

黒花たちの目的を考えると、妨害に差し向けられてもおかしくはなかった。

「気を抜いていたつもりはありませんけれど、いつも以上に気を引き締めた方がよさそうですね」

「ああ。……だが、ひとつ気がかりなところがあるな」

「なんです？」

シャックスはグラスを目の前に掲げて覗き込むと、難しそうな声でこう言った。

「キス（あれ）を見て動揺したってことは、そいつまだ若い……というか子供なんじゃないか？」

赤面するのをなんとか堪（こら）え、黒花は首を傾（かし）げた。

グラシャラボラスは老人の姿だと聞いているが……。

「〈魔王〉やお義父さまクラスの力量の子供……ですか？」

「……やっぱり、ないかなあ」

「うーん……。でも、可能性があるなら無視すべきではないとは思います」

現実的に思えなくとも、平然と起きるのが世の中というものだろう。ただ、ふたりで額を合わせても、犯人を特定するには手がかりが少なすぎるのだった。

難しい顔をしていると、シャックスはふとなにか思いついたような顔をする。

「店主、蜂蜜酒（ミード）をふたつ頼む」

「あいよ！」

物騒（ぶっそう）な会話を知る由もない店主は、年若いカップルでも見守るように応じる。

これでシャックスも〈魔王〉のひとりである。物騒な会話は魔術で阻害（そがい）し、他者には聞こえないようにしてあるのだ。彼にはふたりの声は聞こえていても、内容は周囲の騒音（そうおん）が混じって聞き取れないようになっている。

ただ、と黒花は首を傾げる。

「蜂蜜酒って、お酒ですよね？　なんで注文したんですか？」

シャックスはなんでもなさそうに答える。

「クロスケにちゃんとした酒の飲み方を教えてやるって言ったろう？」

「……っ、そ、それは嬉しいですけど、なにもいまでなくても……」

黒花たちにはこれから重大な任務があるのだ。酒を飲んで向かうわけにはいかない。

そのはずだが、シャックスは存外に真面目な様子で言う。

「これから大事だからな。クロスケにはベストな状態で向かってもらわねえと困る。これでも、頼りにしてんだぜ？」

「……もう、シャックスさん」

そう言われては断れないではないか。

とはいえ、と考える。

――あたし、そんな悩んでるような顔してたんですかね。

気配の読めない敵というのは脅威であるが、それで臆したつもりはない。

そう考えて、違うと気付く。

――あ、わかった。これさっきの埋め合わせですね！

なにをしようとしてくれたのかはわからないが、先ほどは事故で耳を食べられてしまった。それで黒花がひっくり返ったため、埋め合わせをしようとしてくれているのだ。

　こんなときでもふたりの時間を大切にしようとしてくれるシャックスに、黒花は素直に甘えることにした。

　黒花とシャックスの前に、コトンと細長いグラスが置かれる。そこには黄金色の液体がたっぷり注がれていた。

　グラスを手に取って、黒花は思わず嬉しそうな声をもらす。

「蜂蜜酒って、やっぱり蜂蜜の色をしてるんですね」

「はは、蒸留酒はだいたい黄金色だよ」

　そう言って、黒花のグラスにカツンとグラスをぶつける。

「今回の任務が上手くいくように」

「はい。シャックスさんと無事に帰れますように」

　乾杯をして、黒花は蜂蜜酒というものに唇を付ける。

「……？　あれ？　甘くは……ないんですね」

お酒特有の喉が熱くなる感覚のあとに、果実のような清涼感が撫でていく。これも〝甘い〟と形容するのかもしれないが、蜂蜜や砂糖の〝甘さ〟とは違うものだ。それが、ほのかな酸味を口の中に残していく。

シャックスは笑う。

「まあ、蜂蜜の味はしないだろうな。酒の〝甘い〟ってのはこういうもんだよ。白チーズをつまみにこいつをやると、なかなかに美味いんだ」

「へええ。でも、なんだか呑みやすくて、あたしは好きですね。これ」

心地良い〝甘さ〟というものだろうか。

シャックスはグラスを揺らして言葉を続ける。

「蜂蜜酒の歴史は古い。人類最古の酒のひとつだろう。なんつったって水と蜂蜜を混ぜて置いとくだけで、勝手に発酵を始めるからな」

「え、それだけでお酒になるんですか？」

「ああ。つっても、そのままじゃ麦酒より薄い酒にしかならないから、店で扱うものは酵母も入れてちゃんとした酒にしてあるがな」

濃い薄いはまだ黒花にはわからないが、あまり美味しくないのだろう。

「だが、誰でも作れることが蜂蜜酒の魅力でもある。蜂蜜ってのは栄養価が高いからな。大昔は滋養強壮の薬としても重宝された。これを作るのが花嫁修業だったなんて時代もあったらしいぜ」

「は、花嫁修業……！」

籍を入れるつもりがあるという話のあとでこれである。思わず顔を真っ赤にする黒花に、シャックスはおかしそうに笑う。

「はは、なにもクロスケに作れと言ってるわけじゃない。ただ、新婚初月のことをハネムーンというだろう？　あれは花嫁が花婿に蜂蜜酒を作るための期間――ハニームーンが語源になってるって話があるくらいなんだ」

そこまで語ると、どこか照れくさそうに頬を掻いて視線を泳がせる。

「だからまあ、なんだ。お前ときちんと呑むなら、最初はこいつがいいんじゃないかと思ったんだよ」

「はう……っ」

やけにすらすらと語ってくれると思ったら、このときのためにずっと台詞も用意してくれていたのだろう。そんな心遣いが、ため息がもれるくらい嬉しかった。

ちゃんと想われているのだとわかって、思わず顔がゆるんでしまう。黒花は慌てて両手で頬を覆うが、たぶん手遅れだった。

まあ、ここで取り繕っても仕方がないだろう。黒花はシャックスの肩に寄りかかる。

「お酒の話、おもしろいです。他にもあるんですか？」

「お、おう」

こういうアプローチには、わかりやすく動揺してくれるのが心地良い。

――うん。あたしばっか負けてるわけじゃないです。

ひとりで納得している間に、シャックスはまた語り始める。

「そうだな。蜂蜜酒ってのは蜂蜜の種類で露骨に味が変わる酒だ」

「蜂蜜に種類なんてあるんですか？」

「ああ、結構あるぞ？　蜜蜂がなんの花から蜜を集めたかで味も香りも違うんだ。たとえばリンゴの花から作った蜂蜜はリンゴの香りがする」

「リンゴの蜂蜜……」

少し食べてみたいと思ってしまった。

そんな黒花の反応を微笑ましそうに見つめ、シャックスは言う。

「ここのは白ワインに近い味をしてるから、葡萄の花でも使ってるのかもな。まあ、そのままの味が出るってわけでもないらしいが」

「白ワインって、こういう味なんですか？」

「似てるってだけだよ。ワインはワインでまた色々ある。それで、蜂蜜酒は滋養強壮薬って話したろう？　当然、蜂蜜も栄養価の高い種類を選ぶんだが、その中でも高級品とされてるものに蕎麦ってのがあるんだ」

「お蕎麦ですか？　リュカオーンにも蕎麦を原料にしたパスタがありますよ」

「へえ、そんなのがあるのか。……ただ、この蕎麦の蜂蜜ってのは、ひどい臭いなんだ」

黒花は目を丸くした。実際に見たことはないが、蕎麦は白くて愛らしい花を咲かせるという。

「お蕎麦の花って、臭いんですか？」

「ああ。……なんつうか、肥やしだ。他のにおいがなにもわからなくなるくらいの」

「うわぁ……」

肥だめの臭いがする蜂蜜など、想像が付かない。

黒花が青ざめていると、シャックスはおかしそうに言う。

「大昔の話だよ。店に並ぶような酒は違うさ。で、そのままじゃ飲めたもんじゃないから、ハーブや香辛料なんかを大量に入れるようになったんだ。この店は、あまりそういうのは効かせてないみたいだけどな」

お酒について黒花の知らない話を楽しげに語ってくれるシャックスは、大人の男の人だと改めて感じさせられた。

少し頬が熱くなるのを感じながらもそんな横顔を見上げ、黒花は思う。

――蜂蜜酒。あたしが作ったら、シャックスさん喜んでくれるかな……？

せっかく教えてもらったのだから、なにか思い出になることをしてみたくなった。

そんなことを考えている間に、グラスは空になってしまう。大した量ではなかったおかげか、涼まなければいけないほど酔うこともなかった。

シャックスはポケットから懐中時計を取り出す。

「時間もいいころか。そろそろ行くぞ」

「はい」

それまでの逆上せた表情からは打って変わり、厳しい顔で黒花はうなずく。

「――《傀儡公》フォルネウス――錬金術の始祖ですか」

その〈魔王〉に会うため、ふたりはこの街を訪れたのだった。

◇

「――ネフィが世界を滅ぼす……だと？」

キュアノエイデスのとある軽食屋。その野外テラス。

ネフィから相談を受けたザガンは、耳を疑った。

最近、なにか悩んでいそうなので外に食事に誘ってみたのだが、そこで〝エリゴルの予言〟を打ち明けられたのだ。

「なにを馬鹿な……」

否定しようとして、ザガンは言葉に詰まった。

――いや、まさかそんな……。

そんな反応に、ネフィも青ざめる。

「ザガンさま、なにかお心当たりがあるのですか？」

「……いや、さすがにそれはないと思いたいが」

それに、こんなことをネフィ本人に言えるはずもない。

言葉を濁すと、ネフィは毅然として姿勢を正す。

「ザガンさま。おっしゃってください。わたしは、覚悟はできています」

「……わかった」

意を決して、ザガンはこう答えた。

「ネフィの可愛さが、世界を破壊してしまう段階に突入してしまうのかもしれん」

しんっと、空気が凍りついた。

それから、ネフィはほのかに赤く染まった耳の先を小刻みに震わせて声を荒らげる。

「ザガンさま！　真面目なお話なんです」

「俺がネフィの話をいい加減な気持ちで聞くと思うのか？　俺だって大真面目だ。ここ最近のネフィの可愛さはかつての比ではない。俺も何度心臓が止まりかけたかわからん。気が動転した俺がうっかり世界を滅ぼす可能性は大いにある！」

「ひうぅっ？」

そんなふたりの手元に置かれているのは、カップに山盛りと積まれた生クリームとアイスクリームのパフェスイーツである。

――ネフィと食べるためにわざわざアイスクリームを作れる魔道機械を卸したのだ。ネフィの気分転換のため、この店を訪れるのは当然のことだった。

とうてい世界の命運を語り合う場には見えず、周囲の客も『いつものあれか』だの『あ、これが噂のキュアノエイデスの名物』だのと微笑ましそうな眼差しを送る。

ここにバルバロスあたりがいれば『お前情緒不安定過ぎだろ』とか突っ込むのだろうが、残念ながらいるのはふたつ離れた席でぼたぼたと鼻血を垂らしながら『なんと洗練された愛で力！　留まるところを知らぬのか』とかぼやいてるおばあちゃんくらいである。

ネフィも顔がゆるむのを堪えきれなかったようで、頬を押さえて顔を背ける。

「……ザガンさま、こういうところでおっしゃられるのはズルいです」

「すまん。許せ。昂ぶる気持ちを抑えきれなかった」

「いえ、わたしもごめんなさい。よく考えたら、無理に話してくださいと言ったのはわたしでした」

お互い、気を落ち着かせるようにスプーンでアイスクリームを掬い、口に運ぶ。

「はう……」

ネフィが堪えきれなかったように、頬を押さえて顔をほころばせる。

――うむ！　この顔を見られただけでこの世の一切が許せるな！

エリゴルが残したという不愉快な〝予言〟も含めて全てを許せる慈悲が、ザガンの中に湧き出でた。

それから、ネフィはハッと我に返ったように頭を振る。真っ白な髪がふわふわと揺れて、雪の妖精のようだった。

「……って、そうじゃありません。わたしは、エリゴルさまの言葉が備えろという助言に思えるんです。ザガンさまは、どう思われますか？」

それから、様子をうかがうように上目遣い（うわめづか）でザガンを見てくる。何度見ても気が遠のきそうな可憐（かれん）さだが、ザガンは〈魔王〉の意志力を振り絞（しぼ）ってうなずく。

「なるほど、助言か。そういう観点から眺（なが）めるなら、少し意見も変わってくるな」

「はい」

ネフィはキュッと唇を結んでザガンを見つめる。

――凛（りん）としてるネフィはどこまでも美しいな！

やはり現状、ネフィの可愛さに正気を失ったザガンが世界を滅ぼす可能性が一番高いような気がするが、それはすでに論じた。

「ネフィに助言したということは、ネフィにしかできないことがあるということだろう」

「わたしにしか、できないこと……ですか」

そう考えて、真っ先に思（おも）い浮（う）かぶのはひとつだろう。

「――神霊魔法（しんれいまほう）――」

ザガンとネフィの言葉は見事に重なった。

だが、ネフィは首を横に振る。

「でも、神霊魔法ならお母さまの方が上ですし、いまはネフテロスだって……」

「いや、〈魔王の刻印〉と神霊魔法を併(あわ)せ持つのはネフィだけだ」

「……ッ」

元々、ネフィの〈刻印〉を持っていたのはオリアスだ。彼女(かのじょ)こそ真に神霊魔法と〈魔王〉の力を併せ持つ存在だった。

——だが、オリアスはオリアスになってから神霊魔法を封印(ふういん)していた。

その理由は正体を隠(かく)すことにあったが、そもそもオリアスは神霊魔法に頼らずとも魔術師として偉大(いだい)だった。

「それに、オリアスは言っていた。単純な神霊魔法の素養なら、自分よりネフィの方が上だと。神霊魔法の力なら、ネフィの方が強いのだ」

天使(ハイエルフ)が滅びたいま、恐らくはこの世界でもっとも強大なのだ。

「そんな……」

衝撃(しょうげき)を受けるネフィに、言葉をかけたのはザガンではなかった。

「——問題は、その神霊魔法を封印するのか、それとも伸(の)ばすのかってことですよね」

横から響いたその声の主は、ぱくりとネフィのアイスクリームにかぶりついた。

「んー、甘いですね。店員さーん、私にも同じのひとつお願いしまーす」

悪びれた様子もなくそう声を上げるのは、瞳の奥に星の印を持つ少女だった。

どこから現れたのか、〈魔王〉アスモデウスがそこに立っていた。

——間合いに入られたというのに、まるで知覚できなかっただと……？

それも己の領地であるこのキュアノエイデスで、である。

勝手に隣の席から椅子を引っ張ってくると、さも当然のように同じテーブルに着く。ネフィも戸惑って目を丸くしていた。

ザガンは、剣呑な声を返した。

「……貴様、なんのつもりだ？」

「あは、前にフォルちゃんと食べたときは最後まで食べられなかったもので？」

ザガンはバンとテーブルを叩いて立ち上がる。

「買って返せ貴様！　貴様が触れたらネフィと食べさせあいっこができんではないか！」

「菌がついたみたいに言うのやめてもらっていいです？　いじめですか？」

アスモデウスの余裕ぶった笑みが、見事に引きつった。

「……んんっと、あなたザガンくんですよね？　なんか私の記憶と人物像が一致しないんですけど」

この反応には、ザガンも首を傾げる。

――だがまあ、こいつとまともに会話したのは〝リリー〟だったころに一度きりだしな。いまのアスモデウスにあのときの記憶がどこまで残っているのかという疑問もある。なにか勘違いしている可能性は、確かに否定できない。

ザガンは極めて穏やかに構えて返した。

「なんのことかはわからんが、口の利き方に気を付けろ。ネフィとのデートを邪魔した貴様を殺さんのは、貴様がフォルの友達という一点があるからに過ぎんのだからな」

相手が誰だろうと問答無用で殴り倒している案件だが、ザガンは慈悲深くも警告を与えてやった。

いちじるしく優しさを欠いた言葉に、しかしアスモデウスはむしろ納得したようにため息をもらす。

「……ああ、そうか。フォルちゃんがいないからかあ」

「なんだ貴様。フォルに会いに来たのなら、素直にそう言え。すぐに連れてきてやるものを……」

「あー、ストップストップ。そういうのじゃないんで」

「ふん。フォルに来られては困る理由でもあるのか？」

——まるで巻き込みたくないとでも言わんばかりだな。

ザガンは口には出さなかったが、アスモデウスはいかにも口が滑ったと言わんばかりに舌打ちをもらした。

「なーんかもう調子狂っちゃいますねえ。はいはい、フォルちゃんとはちゃんと会って話しますよ。……そのうち、ね」

敵味方三人の〈魔王〉が顔を付き合わせているというのに、話題に上がっているのは娘の話だけである。

まあ、ザガンからするとアスモデウスは〝素直になれない娘の友達〟に過ぎないのだから仕方のないことだった。

それから、ネフィも少し椅子を動かして三人等間隔に座り直す。

「リリーさん、お久しぶりですね。リリーさんが送ってくれたお便り、フォルが喜んでいましたよ」

「……はあ、あなたも大概ですねえ」

ネフィが優しく語りかけているというのに、お邪魔虫の少女は渋面を作っていた。

その反応に、ザガンはふんと鼻を鳴らす。

「宝物庫の件なら気にしていない。それが原因でフォルと話せんのなら、さっさと仲直りしろ。娘が気を揉んでいる状況は、親として面白くはない」

「だから違うって言ってるじゃないですかっ？　その話題引っ張るのやめてくれません？」

アスモデウスが声を荒らげていると、彼女の分のパフェが運ばれてきた。

「いや、なんか面白そうな話してるもんですから？　私もちょっと交ぜてほしいなあって。あ、これネフィちゃんどうぞ？　なんか旦那さん、買って返せって激おこなんで。その代わり、こっちの食べかけは私がいただいちゃいますね」

「ま、まだ旦那さんというわけでは……って、お気遣いなく」

運ばれてきたパフェをさっとネフィのものと入れ替えると、アスモデウスは食べかけのパフェを躊躇いもなくスプーンで掬う。

──おのれ！　本来ならそれで食べさせあいっこするはずだったものを……！

その視線に気付いて、アスモデウスはにんまりと笑う。

「あ、私のことはどうぞお気になさらずー？　ほらほら、食べさせあいっこの途中だったんでしょう？　続けちゃってどうぞ？」

見といてあげるからやってみなよとでも言わんばかりの言葉に、ザガンは大仰にふんと鼻を鳴らした。

「少しはわきまえているのだな。先ほどの非礼は許してやろう」

そう言ってザガンは生クリーム部分を掬うと、ネフィの前にそっと差し出した。

「この状況でそれをするんですかっ？」

ネフィは困惑で目に涙まで浮かべて耳を震わせる。凄まじい愛らしさに、ザガンは思わず仰け反りそうになった。

――くうっ、普段の愛らしさに恥じらいまで加わり、相乗効果を生んでいる！

抑えきれなかった魔力が放電現象を引き起こし、周囲の客が蜘蛛の子を散らすように逃げていく。そんな彼らの手に双眼鏡が握られているのが少々気がかりだが、そういえばなぜか店頭に『ご自由にお使いください』という張り紙とともに置かれていた。

もはや、あとには退けない事態と察したのだろう。ネフィも風圧で舞う白い髪を押さえながら、嵐に向かうような決意の表情で顔を近づけた。

「はむ！」

そして、勢いよくスプーンにかぶりついた。

「……ど、どうだ？」

「……あ、甘いです」

周囲の客たちから安堵の吐息とともに拍手が送られた。

「……あの、私はなにを見せられてるんです？」

理解できないとばかりに、アスモデウスが途方に暮れた声をもらす。なにやら、どこからともなく『その気持ち、痛いほどよくわかるのですわ』と言わんばかりの吸血鬼の視線を感じた気がしたが、ザガンは気に留めなかった。

――よく考えたら、最近ちっともこういうことできてなかったものな。

せっかくシアカーンを始末したのに、事後処理やらマルコシアスの馬鹿やらのせいで結局てんてこ舞いだったのだ。

それが部下たちの計らいもあり、ようやく落ち着いたのだった。

こうしてネフィとの幸せを噛みしめられる時間というのは、本当に大切だと実感させられた。

そんなザガンとネフィに、どっかのおばあちゃんが感涙を流す。

「見せつけることによって、逆にさらなる愛で力の高まりを得る。……ふ、我が王の神髄、とくと見せてもらったのじゃ」

「……どうしよう。相談する相手間違えた気がします」

アスモデウスがいまにも帰りたいと言わんばかりにぼやいて、ザガンも彼女の存在を思い出す。

「おっと、そうだった。貴様、なにか用があるのだったな？　話してみるがいい」

「すみません。少し考える時間もらっていいです？」

なにがあったのかはわからないが、いかにも無神経そうな少女は繊細そうに俯いてそうつぶやいていた。

◇

「──『笑いから始まる友情は決して悪いものではない。それが笑いによって締めくくられるなら、この上ないことだ』──」

男でも女でもなく、年若くも年老いてもいない。かといって幼くもなく、練られてもなく、渋くもなく、甘くもなく、深くもない。およそ特徴というものがまるでなく、それでいてその全てが入り混じったような奇妙な声で、その魔術師はそう語った。

まるで歌劇の場面から抜け出したかのような男だった。

すでに春も過ぎようとしているにも拘わらず、古めかしい黒のコートをまとい、襟元にはスカーフ状のタイが巻かれている。

歳は五十くらいだろうか。顔には小さなしわが見て取れ、賢者のような眼差しの瞳は翠だ。ゆったりと波打つ髪は白髪交じりの黒髪で、額の真ん中から左右に分けられている。彫りの深い顔立ちで、鷲鼻の先には小さな鼻眼鏡がかけられていた。

杖を握る両の手は真っ白な手袋に包み隠されているが、その下には〝ある印〟が刻まれているはずだ。

シャックスの〈魔王の刻印〉は、この男からその存在を感じ取っている。

《傀儡公》フォルネウス——シアカーンが討たれ、アンドレアルフスが退いたいま、最古の〈魔王〉である。

そんな〈魔王〉と、シャックスたちはいま向かい合って座っていた。

黒花はシャックスの背を守るように立っているが、緊張に顔を強張らせている。

この〈魔王〉あるいはその弟子フルフルと接触し、協力を取り付けるというのが、シャックスたちに与えられた任務だった。

もちろんリュカオーンへの里帰りも目的のひとつではあったが、それだけで一か月という時間を浪費していたわけではない。リュカオーンの情報網も頼って、この〈魔王〉の居所を探っていたのだ。

そうしてようやく彼らを捜し出したのがつい数日前のこと。フォルネウスは会合の場にこのアリストクラテスを指定してきたのだ。

なのだが、顔を合わせた彼の口から飛び出したのが、この台詞だった。

——え、どういう意味だこれ？　笑わせろってことか？

いや、新参とはいえ同格の〈魔王〉に要求することとは思えない。なにか他の意味があるのだろうとは思うが、シャックスがいまそれを探り当てるのは無理だと感じた。

「……そいつはどういうつもりでの言葉だい？」

「——『このごろの人々は、ものの価格はよく知っているが、ものの価値というものは知らない』——」

まるで唇を動かさずにつぶやかれた言葉は、そのようなものだった。

——なにかの謎かけか？

フォルネウスの表情から、言葉の意図を読み取ることはできそうにない。そもそもこの男の視線はシャックスに向けられてすらおらず、誰かに向けた言葉なのか独り言なのかすら判別がつかないところだ。

〈魔王〉の言動が常人と異なるのは至極当然のことではあるが、これは対話すら困難な相手だった。

そこでふと思い至る。

この〈魔王〉の通り名は《傀儡公》――目の前のこの男が、ただの操り人形であっても不思議はないような魔術師のはずだ。

シャックスは言葉の意味を探るように膝を組み直す。

となると、やはりこれは試験のようなものなのかもしれない。

「無知と言われると、返す言葉がない。俺が二十そこそこの若造というのは、いかんともしがたい事実だからな」

ひとまず肯定的に返してみると、フォルネウスは顔のしわをぴくりとも揺らさず、また不可思議な言葉を唱える。

「――『なぜなら、あなたにはなによりも素晴らしい若さがある。そして若さこそ持つべき価値のあるものでしょう』――」

シャックスは眉間のしわをさらに深いものにした。

──駄目だ。さっぱりわからん。

今度は賞賛の言葉である。先ほどの答えが正解だったのか不正解だったのかすら、判断が付かない。

いい加減、頭を抱えたくなっていると、後ろに立つ黒花がなにかに気付いたように声をもらした。

「あ」

「どうかしたか？」

肩越しに視線を返すと、黒花は少し考え込む素振りを見せてからこう返した。

「──『私にはそう思えません』──」

その答えに、初めてフォルネウスが視線を動かした。

「──『いや、いまはそう感じられないだろう。だが君が歳を取り、皺が刻まれ醜くなり、考え込んで額に筋が寄り、そして受難が唇にぞっとするような炎の焼き印を押すときになれば、きっとそう感じざるを得ないだろう』──」

なるほど、と黒花はうなずき返した。

（クロスケ。どういうことだ？）

（この人が話しているのは、歌劇の台詞です。『ヤーグ・ナイロッドの肖像』っていうお

話で、結構有名なくだりなので気付けました）

なんでも、絵画を媒体に不老不死を得た魔術師の愛憎を描いた物語なのだそうだ。

シャックスが耳元に口を寄せると、黒花はほのかにヒトの耳を赤くしながらも同じように口を寄せて返してくる。

こんなときではあるが、耳元がくすぐったいような心地良いような、背筋がぞわぞわする感覚だった。

コホンと咳払いをして、シャックスは真面目な顔をする。

（か、歌劇？　というか、なんでそんなもの知ってるんだ？）

黒花のこれまでの人生を考えると、そんなものを鑑賞する心の余裕はなかったように思う。リュカオーンでの歌劇は、大陸のそれとは大きく異なるという話もある。

（暗部にいたころ、任務のないときに同僚が暇つぶしにと勧めてくれた本が、歌劇の本だったんです）

なるほど、とシャックスはうなずいた。

歌劇の本というのは一般庶民には馴染みの薄いものだが、富裕層の娯楽として書物に書き起こされたものが流通している。富裕層は識字率が高いため、印刷技術を持つ教会からすると重要な資金源なのだ。

そうした書物は教会内にも確認目的で配布されていたりする。シャックス自身は目を通す暇はなかったが、キュアノエイデスの教会に詰めていたころは患者が読んでいるのを見かけることがあった。

その一部が暗部に流れていたとしても不思議はないだろう。

――だが、なんだってそんな回りくどいことを？

少し考えて、出立前に先代〈魔王〉アンドレアルフスから受けた忠告を思い出す。

『フォルネウスのやつはナベリウスとは違う意味で変人だ。俺にもやつがなにを言っているのかほとんどわからん。ただ、どうにもやつは厄介な〝呪い〟を抱えているらしい』

長く生きた魔術師ほど〝呪い〟とは関わらずにはいられない。シアカーンとてマルコシアスに再起不能の身にされるまでは〝呪い〟を調べていた節がある。

であれば、ひとつの可能性が考えられる。

「あんたは〝他人が文字に起こした言葉しか口にできない〟……ってところか？」

口が利けなくとも筆談はできるし、〈魔王〉ともなれば念話くらいできて当然である。にも拘わらずこんな手法を用いているところを見れば、当たらずとも遠からずだろう。

　フォルネウスは翠の瞳を返して、こう答えた。

「──『我々は天からそれを与えられたがゆえに、苦しむことになる。誰よりも』──」

〈魔王〉が天や神をたとえに持ち出すのは酷く滑稽ではあるが、恐らく肯定の言葉なのだろう。

「……なるほど。こいつは辞書でも片手に欲しいところだな」

「そうですね。あたしもそれほど歌劇に詳しいわけじゃありませんし……」

　頭を抱えたくなるシャックスに、フォルネウスは厳かに口を開く。

「──『人に読むべきものを示唆する行為は、たいてい無意味か害悪だ』──」

　シャックスは黒花と顔を見合わせた。

「いまのはなんとなくわかったぜ。わざわざ辞書なんて引かなくてもいい……ってことだよな？」

　フォルネウスは肯定はしなかったが、否定もしなかった。

　なんとなく、付き合い方がわかったような気がする。

　シャックスは組んだ膝の上に手を乗せ、背筋を伸ばして言う。

「単刀直入に言わせてもらうぜ。うちのボス──〈魔王〉ザガンはあんたの知恵と力を欲している。協力してもらうわけにはいかねえかい？」

　フォルネウスは杖の上に両手を乗せると、しばし考え込む素振りを見せてから口を開く。

「――『唯一残念なことに、たった一度の過失にも幾度となく対価を支払わなければならない。繰り返し、何度も支払わなければならないのだ、本当に。運命というものは人間に対し、決してその帳簿を閉じはしない』――」

「『……………』」

　シャックスと黒花は再び沈黙を余儀なくされる。

　恐らく言葉通りの意味ではないのだろうが、〈魔王〉が口にするには不穏すぎる言葉である。

　考えながら、シャックスは確かめるように口を開く。

「ええっと、交換条件がある……って、ことかい？」

　そう問いかけると、フォルネウスはしばし考え込むように黙り、それからこう返した。

「――『今したいことは、人生を見つめることだけさ。もしよければ、共に見に来るとい

い』――」

　またしても難解な答えに、シャックスは顔を引きつらせる。

「……？　どこかに行きたいってことか？」

　確かめてみるが、フォルネウスが動こうとする様子はない。

――移動が目的でないなら〝見つめる〟って部分が言いたいところなのか？

だが、なにを見つめるというのだろう。

シャックスの返答が間違いだったせいか、奇妙な〈魔王〉はそれっきり黙り込んでしまうのだった。

――ボス。今回の任務は、ちょいと難儀が過ぎるぜ……。

しゃべらず動かずの〈魔王〉を前に、シャックスと黒花は途方に暮れるしかなかった。

◇

再びキュアノエイデス。三人の〈魔王〉が顔を突き合わせるその軽食屋で、ひとりの少女がなにもかもが嫌になったように黄昏れていた。

「……敗北感ってこういうのを言うんですかね。なんかこう、これまで抱いたことのない虚無感みたいなのにめげそうなんですけど」

消沈する少女に、ザガンは容赦なく突き放す言葉を投げつける。

「なにがあったかは知らんが、泣き言とは存外につまらん魔術師だな。もっと骨のあるやつかと思ったぞ」

「誰のせいだと思ってんですかねえ！」

「……？」

なにやら批難されているように聞こえるが、心当たりのないザガンは首を傾げた。

「……はあ。もういいですけど、それよりそろそろ時間ですね」

「時間だと？」

どこか不穏に響いたその言葉に、眉を撥ね上げたそのときだった。

「――……ッ！」

ザガンとネフィは同時に空を見上げた。

晴れやかな空が広がるそこから、じわりと黒いシミのようなものが広がり始めていた。

「――〈天燐・一爪〉――」

ザガンの行動は速やかかつ、静かだった。

テーブルの上で軽く指を弾くと、空に向かって一本の黒い刃が撃ち放たれる。

その刃は、空に現れたシミを容赦なく両断する。

虚空から這い出したそれは〈魔王〉をも〝ゾッとさせる〟くらいには力の在る存在だっ

たが、その姿を晒すことすら叶わず消滅していた。

周囲の客たちも寒気を感じた程度の者はいたかもしれないが、それもすぐに気のせいだと判断して各々の会話なり食事なりに戻っていく。

ネフィが、恐る恐る口を開く。

「ザ、ザガンさま、いまのは……?」

「魔族だろうな」

「はい。魔族さんですよー」

ようやく立ち直ったのか、パフェの続きを口に運びながらアスモデウスも肯定する。

ザガンはじろりとアスモデウスを睨めつけた。

「気に入らんな。貴様、魔族が現れることを知っていたな?」

「そりゃあ、私はあれを始末するために来たわけですから? あ、代わりに片付けてくれてありがとうございますね。おかげで助かりました」

「白々しいことを言うな。貴様、あれを押しつけるためにここに居座ったのだろうが」

アスモデウスが魔術を使えば必ず街にも被害が出る。それに前回のシェムハザを目撃してしまった住民も、決して少なくはないのだ。なんの力もない一般市民に魔族なんてものを何度も見せるわけにはいかない。身体が無事でも精神が耐えられないのだ。

となると、ザガンが最速で始末する他ない。

舌打ちをして返すと、アスモデウスはさも心外そうに目を丸くした。

「誤解ですよお。私だって具体的にどこに現れるかまでは知らされてませんし、そもそも他人の領地で好き勝手やるほど、私世間知らずじゃないですよ？」

「……ふむ」

この答えには、ザガンも素直に感心した。

――こいつ、すごいな。これだけ白々しいのに悪意の欠片も感じられんぞ。

ビフロンスあたりなら、相手の反応を楽しもうとする、ねっとりとした悪意が見え隠れしていた。それがこの少女はそんな気配がまったく感じられない。純然たる感謝すら感じられる。

感情の隠し方が巧みなのではない。

この邪悪な魔術師は『自分が悪い』などと、心底考えたことがないのだ。

こういう部類の鉄面皮は初めてである。それはベヘモスやレヴィアタンからも、蛇蝎のごとく嫌われるわけだ。

――いや、少し違うな。当たり前過ぎて、諦観しているようにも見える。

それは元々そうだったのか、それとも変わった結果なのかは、ザガンには判断のつかないことだが。

　観察するザガンに代わって、ネフィが問いかける。

「リリーさん、いま知らされていないとおっしゃいましたね？　それは、もしや……」

「はい。エリゴルさんですよ。あの人の〝占い〟って、結構曖昧なんですよねえ。走らされるこっちの身にもなってもらいたいですよ」

　スプーンに山盛りのアイスクリームを掬うと、憤慨したように口に放り込む。

と、そこで天罰でも下ったかのように顔を引きつらせる。

「〜〜くうっ、痛っ、いたたた！　なんですかこれ、頭痛ったあ……」

「愚か者。冷たいものを一気に食べると、三叉神経というものが過剰に反応して頭痛が起きるのだ」

「ええー……。血流、操作してる、のに……？」

「敏感なやつは両方対処せんと防げんぞ」

　どうにもアスモデウスはその敏感な方の体質らしい。

――もしかすると、グラシャラボラスの〈夜帷〉に後れを取ったのも、その辺りが原因かもしれんな。

　あの《殺人卿》の魔術は、他者の体感時間を静止させるというものである。感覚の鋭い者ほど術中に陥りやすいだろう。黒花あたりには天敵である。

とはいえこの少女も〈魔王〉である。原因を教えてやると、口の中でもごもごと何事かをつぶやいて魔術を組み立てていた。

──しかし、こんな初歩的な話をしているところを見ると、食事を楽しむ習慣自体がなかったようだな。

アイスクリームも、恐らくフォルと食べたのが初めてだったのだろう。そもそも、それ以前に食べていたところで、まともに味がわかっていたかも怪しい。

それは我が身と重なるところがないわけでもなく、ザガンも多少は親近感が湧いたのかもしれない。

アスモデウスはやがて目に浮かんだ涙を拭うと、ようやくザガンに向き直る。

「それにしても、魔族ってエリゴルさんあたりでも少し手を焼くくらいには手強いんですけど、それを一蹴とはなかなかやりますね。私の次くらいには力がありますよ？」

その発言に、ザガンは眉を撥ね上げた。

「自信を持つのは結構なことだ。自分も信じられんようなやつは、そもそも信用に値しないからな。だが、慢心となると話は別だ」

このふたつは紙一重だから質が悪い。

　ザガンとてわかっているつもりだったのに、いつの間にか慢心していた。結果、魔族シエムハザとの戦いでは無様に敗北するところだった。

　フォルの友人ということもあり、ぴしゃりと忠告してやるとアスモデウスは面白くなさそうに頬を膨らませる。

「もう、せっかく褒めてあげたのに可愛げのない後輩ですねえ」

「……ふん。よく言われる」

　どっかの因縁の相手にも同じことを言われたことを思い出し、ザガンは顔を背けた。

「まあ、勝負をしたら、たぶんザガンくんが勝つとは思いますよ？」

「勝負でなければ勝てるとでも言いたげだな」

　実際、先ほど現れたときはザガンも声をかけられるまで気付けなかった。アスモデウスの宝物庫とやらに収蔵された魔道具の中には〝魔術喰らい〟の通用しない品もごろごろあるのだろう。

　勝てる確率の方が高いが、それは決して絶対というものではない。せいぜい、6：4でこちらに分がある程度の話だ。

　警戒を込めてそう返すと、アスモデウスは存外に軽い様子で肩を竦める。

「あは、私は謙虚なんでそうは言いませんよ？　ただ――」

そこで言葉を句切ると、少女は菫色(すみれいろ)の眼をそっと細めた。

「私なら、シェムハザさん殺せましたよ？」

「…………」

その名前に、ザガンは押し黙(お)らされた。

――シェムハザは、恐らくまだ生きている。

ザガンは、シェムハザに勝てなかった。

ネフィの助けのおかげでなんとか撃退(げきたい)はしたが、一万もの魔族によって構成されたあれを殺し切れたとはとうてい思えない。

いつかまた、ザガンの前に現れるだろう。

そのとき、ひとりでも打ち勝てる力が必要だ。

このタイミングでネフィとデートに出かけたのも、そんな焦(あせ)りに突き動かされた部分がなかったとは言えない。

「……なぜ、貴様がその名前を知っている？」

「ま、私もちょっかいかけられたもので？」

それでなお平然とここにいることが、アスモデウスの強さの証明でもあった。

「ただまあ、私がそれやっちゃうと世界の方が耐えられないんで、結局同じことなんですけどね」

〈魔王〉とはいえあまりに傲慢にして軽率な言葉。だが、ザガンはそれが事実であることを知っていた。

それゆえに、ザガンは呆れた顔をする。

「〈魔王〉の言葉とは思えんな。己の魔術くらい完璧に制御できて然るべきだ」

灼熱の業火をぶちまけようとも、標的以外は木の葉一枚燃やさないというのが真に一流の魔術師というものである。仮にも魔術師の頂点たる〈魔王〉でありながら、周囲へ被害を及ぼすというのは、怠慢以外の何物でもない。

——とはいえ、そんな馬鹿が何百年も〈魔王〉をやっていられるわけがない。

アスモデウスの制御は完璧なのだろう。

その上で、どうしてもわずかばかりにこぼれてしまう上澄み程度の余波がある。ザガンの〈天燐〉とて同じ場所で何度も使い続ければ、そのうち草木が枯れていく。

アスモデウスの場合は、その程度の余波で世界を滅ぼしてしまうということなのだ。

向こうもザガンが本気で批難しているわけではないとわかっているのだろう。アスモデウスは恥じる様子もなく肩を竦める。

「あは、私にそういうの期待されても困りますよ？　私には世界に優しくしてあげる理由なんてなかったんですから」

世界などついでに滅ぼしてもいい。それが同胞の核石を取り戻すためだけに生きてきたアスモデウスという〈魔王〉の在り方なのだ。

ただ、ザガンはいぶかった。

――こいつ、自分の言葉が過去形になっていることは自覚してるのか？

この恐るべき少女も変わりつつあるのかもしれない。

どんな悪党だろうと、一度くらいはやり直すチャンスがあってもいい。

この少女にも、それがあったのだろう。それがなんであったのかは、まあこの場で詮索するようなことでもない。

「まあいい。貴様に小言を言うのは、俺の役目ではない」

「……」

それが誰のことを言っているのかわからないわけでもないだろう。今度はアスモデウスの方が押し黙っていた。

「それで？　なにも自慢に来たわけでもないだろう。そろそろ用件を言ってみろ」

話を振ってやると、アスモデウスもその言葉を待っていたように笑みを浮かべる。

「ザガンくん。私と取り引きをしませんか？」

まるで悪魔のささやきのように、最低の〈魔王〉は、ふてぶてしくもそう持ちかけてくるのだった。

「……いまの感じ。まさか魔族か？」

腰に下げた二本の剣の柄に手を置き、少年は独り言のようにつぶやいた。

「どうかしたッスか、アインくん？」

キョトンとして顔を覗き込んできたのは、セルフィだ。セイレーンという種族のはずだが、いまはヒトと同じ二本の足で地面を歩いている。

キュアノエイデスの街を、四人の少年少女たちが歩いていた。アインと呼ばれた少年と、自分をそう呼んでくれたセルフィ。そこから一歩下がってリリスとフルカスという、初々しいふたりが並んでいる。

いまの時代を知るため、このキュアノエイデスを拠点に大陸を旅しているのがアインである。数日おきに戻ってきているのだが、その度にセルフィとその友人たちであるこの四人で会うのが日常になっていた。

本日はアインが旅の消耗品を補充するため、街に繰り出していたところだった。

心配そうな瞳を向けるセルフィに、アインはなんでもなさそうに首を振る。

「いや、なんでもないよ。気のせいだったみたいだ」

「そうッスか？」

首を傾げるセルフィに、アインは微笑を返す。

——出現する前に消えた。やったのはザガンかな？

自分が出る幕はなかったようだが、手の中にじっとりと汗が滲んでいた。

戦って勝ち目がないような相手ではない。千年前の英雄たちなら、恐らく一対一でも負けはしないだろう。その代償が命になることはあるだろうとも。

問題は、あれが街の中に現れたことだった。

——イポスみたいな予言者でもいない限り、魔族の出現を予測するのは不可能だ。

イポスというのは、この時代では初代〈魔王〉と呼ばれている、かつての仲間のひとりである。彼女も〈ネフェリム〉として蘇生されはしたが、自我を取り戻す前にザガンの一撃で屠られた。

魔族はなんの前触れもなく、突然どこにでも現れる。誰もいない平野や山奥に現れることもあれば、今回のように街のど真ん中に現れることもある。

彼らが頻繁に現れるようになると、ザガンでも対処が追いつかないだろう。

となると、この新しい友人たちが危険にさらされる可能性が高い。

「うーん……」

浮かない顔をするアインに、セルフィが心配そうな声を上げる。

「やっぱりなんでもなくないじゃないッスか。悩み事でもあるッスか？　自分、お話聞くくらいならするッスよ？」

「……そうだね」

心優しい少女の言葉に、アインは腹を決めた。

「なんというか、僕はこの街を拠点に旅をしてるだろう？　そろそろ、住むところがあってもいいかなと思ったんだけど、セルフィはどう思う？」

その言葉に、セルフィは破顔した。

「ここに住むッスか？　自分は大歓迎ッスよ！　毎日遊べるじゃないッスか」

「アインは遊んで暮らしてるわけじゃないと思うんだけどっ？」

堪（こら）えきれず、後ろから突っ込みの声がかかる。

「毎日は難しいけれど、遊びやすくはなるかな？」

「アンタ、そんなこと言うとセルフィは本気で遊びに行くわよ？」

「セルフィは自分の仕事を放り出すような子じゃないだろう？」

リリスから呆れた顔を向けられるが、アインはやわらかく笑い返した。

「故意に放り出すことはないでしょうけど、うっかり忘れることがいくらあったと思うの？」

「いやー、忘れないようにメモ取ったりはしてるんスけどね。そのメモをどこに置いたかすぐ忘れちゃうんスよ」

「…………」

これはアインもフォローの言葉が思いつかなかった。

セルフィがリリスに叱（しか）られ始めると、フルカスがそっと話しかけてきた。

（なあ、アイン。もしかして、さっきの嫌な感じ、魔族ってやつか？）

これにはアインも目を丸くした。

（気付いてたの？）

（うん。なんか背筋がゾワッとして……前にあいつらを見たときと同じ感じがした）

フルカスは腰に下げた〝天使狩り〟に目を向ける。

元はアルシエラが持っていたものだが、彼に預けたのだという。その弾丸は、一発しか残っていない。〈魔王〉としての記憶を失ったいまのフルカスが戦う術は、この一発の弾丸だけなのだ。

（アインは、あいつらと戦うのか？）

（さあ、まだわからない。この街にはザガンを始めとする、強い人たちがたくさんいるからね）

（アニキは無敵だからな！）

フルカスは信じて疑わぬ笑顔でそう言った。

確かに、この街には自分の力など必要ないだろう。

それでも、万が一がないとは言い切れないのが魔族だ。なにかあったときのために、セルフィたちの傍にいてやりたいのも事実である。

――僕は、臆病になったのかもしれないな。

慢心していたつもりはなかったが、以前アスラから決闘を挑まれたとき、アインは勝てなかった。

千年も未来というこの時代で、しかも自分が誰なのかもわからない。剣に迷いがなかったとは言えないが、同じ身の上のはずのアスラは微塵も揺るがなかった。

かつての英雄たちが持っていた力を、いまの自分は持っていない。

強き者の記憶と肉体は、強さそのものではないということだ。

――心の強さが必要だ。

目的もなく、大陸を旅しているのもその答えを求めてのことだった。

だからこそ、迷っている。

――答えも見つかっていないのに、ここで足を止めていいのか？

旅を続けたからといって、答えが見つかる保証はない。足を止めてしまったら永遠に見つからないのではないか。

「それじゃあアインくん、魔王殿に住むッスか？」

頭を悩ませていると、リリスの説教から解放されたらしいセルフィが言う。

「魔王殿か……」

正直、いまはまだアルシエラと顔を合わせるのは気まずい。彼女は強い人だが、向こうも気まずいのは同じなのではないかと思う。

――でも、いまの僕は大して金銭も持ち合わせてないからな。

自分で家を買うなり借りるなりするとして、それを維持(いじ)していけるのかという問題がある。平和なこの時代では、飯を食っていくにも金が必要だ。いまは旅先で用心棒のようなことをした報酬(ほうしゅう)で、その日暮らし程度の収入は得ているのだが。

――千年前の〝僕(ルシア)〟は、本当にいろんな人に支えてもらっていたんだな。

そういった絆(きずな)も、強さに繋(つな)がっていたのだろう。

――それに、金銭関係(こういうこと)で息子(ザガン)を頼(たよ)るのはいくらなんでもダメだと思う！

いまの自分と千年前の〝僕〟は違う存在だ。

そう自分で定義したが、そんなものはアインの事情でしかない。ザガンには親を求める権利も憎(にく)む権利もある。〝僕〟の記憶と身体を持ってこの世界に存在する以上、アインはその義務を果たさねばならない。

生まれてきてくれた彼に、なにも残してあげず勝手に死んだのがかつての〝僕〟なのだから……。

頭を悩ませていると、セルフィがニカッと笑ってこう言った。

「まあ、どこに住んでもアインくんはアインくんッス。自分はいつでも会いに行くッスよ」

「……っ、セルフィ。キミは優(やさ)しいね」

その言葉は、きっとアインがいま一番聞きたかった言葉である。

思わず感極まっていると、リリスがなにやら考え込むように言った。

「でも、キュアノエイデスに住むならどの道、王さまには話を通しておいた方がいいと思うわよ？　ここ、王さまの領地なんだし下手なところに住んでトラブルになっても困るし」

「……なるほど。それは確かにそうだね」

正直、彼に行く当てもないと告白するのは非常に抵抗があるが、話さないわけにもいかないようだ。

セルフィが手を引く。

「じゃあ、ザガンさんとこに行くッスよ！」

「ちょっとセルフィ、アインの買い出しは？」

「まあ、大丈夫だよ。僕の方は急がないし」

そうして、アインは魔王殿へと引っ張っていかれた。

あいにくとザガンは不在で、ばったり出くわしたアルシエラとなんとも気まずい時間を過ごすのだが、それはまた別の話である。

◇

「──ザガンくん。私と取り引きをしませんか？」

そのころ、当のザガンはひとつの選択と直面していた。

尋常ではなくうさんくさい誘いに、しかしザガンの答えは決まり切っていた。


「──断る」


「即答ってちょっとひどくないです？」

「逆に訊くが、これまでの会話からなぜ応じてもらえると考えた？」

ひと言ひと言が面倒臭いし、うさんくさい。絶対関わり合いになりたくないと確信させるには十分過ぎる言動だったはずだ。フォルの友達だから殴らずにいるが、取り引きに値する相手ではない。

アスモデウスは傷ついたように目を見開く。

「なんでそんな意地悪言うんです？　うちの弟子とはあんなに仲良さそうに取り引きしてたじゃないですか！」

「そのウェパルを見ればわかる。やつが真っ当な取り引きにこだわるのは、周りにそれができん連中が多いからだ。その筆頭である貴様と、まともな取り引きが成立するとは思っておらん」

「あの子をあんな真っ直ぐに育てたのは私なんですよ！」

反論しつつも、反面教師の自覚がないわけでもあるまい。アスモデウスの視線は明後日の方向を彷徨っていた。

「理解したならさっさとフォルのところに顔を出して帰るんだな」

ザガンには、娘のご機嫌を取れる手土産以上のメリットはない。無傷で返すだけでも譲歩しているくらいだ。

なのだが、アスモデウスは厚かましくふんぞり返る。

「あー、あー、そんな生意気言っていいんですか？　ザガンくんが助けてって言っても助けてあげませんよ」

「シェムハザのことを言っているなら的外れだ。あの程度も自力で対処できんでネフィを幸せにするなど言えるものか」

「その根拠はまったく理解できないですけど、勘違いしてるのはそっちみたいですね」

どこか確信めいた言葉に、ザガンは眉をひそめた。

「……なにが言いたい？」

「ザガンくん。戦いって、数だと思いません？」

「それに関しては同意見だが…………おい、まさか」

背筋を冷たいものが伝った。

「はい正解。このまま行くと、夏ごろには大陸全土で連日魔族祭りですよ？」


各地に魔族が出没していることは、ザガンも把握している。

その頻度が加速傾向にあるのも理解しているつもりではあったが、どうにも事態はそんな悠長な話ではなかったようだ。

——クソッ、それで魔族が出てくるのを待っていたわけか。

単に『魔族について情報がありますよ』と話しかけられても、ザガンは聞く耳持たずに追い返しただろう。

だが、シェムハザに続いて、並程度の魔族にまで領地への侵入を許してしまったのだ。

ザガンは魔族への対処に意識を傾けざるを得ない。

そこに、恐らくこれからザガンの講じるだろう手段は時間稼ぎにもならないと突き付けられては、話に応じる他ない。

まあ、どんな状況でも勝ちに来るのが〈魔王〉というものである。ここはアスモデウスに一杯食わされたと認めよう。

ザガンが話を聞く気になったことで、アスモデウスも指先でスプーンをもてあそびながら真面目な顔をする。

「ザガンくんは確かに強いですよ？　魔族をワンパンっていうのは〈魔王〉にもそう何人もいないです。ただ……」

アスモデウスはピシッとスプーンの先をザガンに向ける。

「これを連日何度もってなると、いつまで続けられますか？」

「……せいぜい七日といったところだな」

一度に何体出るかは、大した問題ではない。千体程度までなら始末できることは立証済みである。

問題なのは、何度も繰り返すことだ。

シアカーンの〈ネフェリム〉相手でも、丸一日戦い続ければ魔力が尽きた。ほとんど魔術を使わず、素手で殴り倒していたにも拘わらずその程度である。

これが〈天燐〉でなければ倒せない魔族相手となれば、〈魔王の刻印〉を使っても七日で限界だろう。シェムハザクラスが出てくればそもそも勝てるかも怪しい。

さらにそれが倒して終わりではないとなれば、配下たちの気力も続くまい。

それに〈天燐〉を使い続けるというのも問題だ。

標的以外に影響を与えぬのが一流の魔術師というものではあるが、それは影響を与えぬ程度まで防いでいるだけで、一切を遮断できているわけではないのだ。

どれほど完璧に制御していても、使うたびに少しずつこぼれだしている。それが積み重なれば、大地やザガン自身をも浸蝕していくだろう。

アスモデウスも小さくうなずいて続ける。

「そういうことです。いまのうちに手を打たないと、〈魔王〉の手にも負えないことになっちゃいますよ」

それでいて、その猶予はせいぜい数か月だという。

――『それは貴様が気にすることではなかろう』というのは野暮というものか。

本当の意味でアスモデウスが〝鬱陶しい〟と感じたなら、大陸ごと大きな穴に変えれば済む話である。

そうしないということは、この少女にも世界が滅びては困る理由ができたのだろう。

そんなザガンの眼差しをどう受け止めたのか、アスモデウスはどこか居心地が悪そうに視線を逸らした。

「場当たり的な対処を続けても、いずれジリ貧になっちゃいます。根本的に魔族の出現を止める方法が必要なんですよ」

「そんな都合のいいものがあれば、の話だがな」

長年、魔族はこの世界を去ったと考えられていた。いまの世界に、彼らの情報はあまりに少ない。

対処するにしても、未知過ぎるのだ。

――アルシエラの空間で、何体か生け捕れていればな……。

せっかくわんさか湧いてくれたというのに、殺すので精一杯だった。

とはいえ、ザガンにもアスモデウスの置かれた立場というものがわかってきた。

――マルコシアスは、こいつを使い潰すつもりというわけか。

アスモデウスは他人に手綱を握らせる魔術師ではない。

誰にも制御はできず、しかもいつ裏切るともわからないとなれば、味方であるうちに使い潰すのはひとつの手ではある。

だが、マルコシアスがやるとなると、それだけではないだろう。

――使い潰したあとに、なにかあるな。

この少女には《蒐集士》の宝物庫という爆弾があるのだ。順当に考えれば狙いはそれか、もしくは宝石族の煌輝石といったところだろう。

アスモデウスは、その前に対策を取る必要がある。

なのだが、アスモデウスは追い詰められているような様子は微塵もなく、むしろ挑戦的な笑みを浮かべた。

「それがあるらしいんですよね、魔族を止める方法。アルシエラちゃんの話によると」

「お袋が？」

これはザガンも初耳だが、アルシエラの言葉となると無視はできない。

だが、アスモデウスは腕を組んで頭を捻る。

「ただ、アルシエラちゃんも具体的な方法を知らない上に、詳しいことは話せないの一点張りなんですよねえ」

「なるほどな……」

一千年前のこととなると、アルシエラはいつもそうである。

——ただ、あるということを話したということは〝あれ〟絡みではないのだろう。

〈アザゼル〉に関することなら、アルシエラはうっかりでも口には出せない。それで〝あの結界〟を破られる可能性があるのだ。話すわけがない。

ザガンは言葉の意味を探りつつ、うなずいて返す。

「となると、一千年前のことだろう。それで俺たちに干渉してきたということは、その手がかりが天使にあるといったところか？」

——神霊魔法——その名前が出たところに、アスモデウスは割って入ってきたのだ。

アスモデウスはポンと手を叩く。

「あは、さすがですね、ザガンくん。でなければ取り引きを持ちかけるには値しませんけどね」

この面倒な少女は、取り引きを持ちかけたくせに、これまで取引相手と認めていなかったらしい。必要な情報を引き抜けたら、そのままトンズラするつもりだったのだろう。

まあ、この少女がそんな礼儀正しい魔術師なら《蒐集士》は最悪の〈魔王〉とまで呼ばれてはいまい。

——魔術師が自分の利益を追求するのは当然のことだからな。

ザガンとしても、別にそんなことで恨み言を言うつもりはなかった。

なのだが、アスモデウスは隣のネフィへと怪訝そうな眼差しを向ける。

「……って、なんでネフィちゃんが嬉しそうなんですか？」

ネフィは自慢げに耳の先を震わせて、小さくうなずいていた。

「ひうっ？　あう、その、ザガンさまが評価されるのは、なんだか自分のことみたいに嬉しくて、つい……」

うろたえるネフィに、しかしザガンは甚く共感を覚えた。

「ふむ。わかる気がする。俺もネフィが褒められると自分のことよりも嬉しい」

「ザガンさま、恥ずかしいです」

「……あの、あなたたち毎回それ挟まないと会話できないんです？」

「「…………」」

その通りなので、ザガンとネフィは沈黙を返すことしかできなかった。

「ま、まあ、話を戻しますよ？」

気を取り直すように頭を振ると、アスモデウスは一枚ずつカードでもめくるように情報を提示する。

「どうにも、一千年前にも魔族の大量発生があったらしいです。で、そのとき対処してたのが、当時天使と呼ばれてた人たちみたいですね」

かつてのハイエルフの呼び名である。

――まあ、神霊魔法は戦闘に特化している節がある。

あの強大な力がなんのために使われたかと言われれば、魔族以外にあり得ないだろう。

だとすれば、魔族や〝泥の魔神〟に有効だったのもうなずける。

「だが、そいつは初代銀眼の王とマルコシアスによって滅ぼされた。……なら、マルコシアスの方が手がかりを持っているのではないか？」

「あは、私、あの人のことあんまり信用してないんですよね。仮に知ってたとしても、切り捨てる相手に情報なんてよこすと思います？　それらしい嘘を掴まされるのが目に見えてますよ」

さすがは世界でもっとも嫌悪される〈魔王〉というべきか、自分の立場というものをよくわきまえているようだ。

自然と、ネフィに視線が集まる。

「わたしなら魔族を止められるかもしれない……？」

「かもですねー。で、ここで気になるのがエリゴルさんの〝予言〟です。ネフィちゃん、世界を滅ぼすとか言われたんですって？」

話の輪郭が見えてきたような気がした。

「つまり、わたしは失敗する……そういう、ことですか」

現段階でなんの手がかりもないような話だ。ネフィに責任を求めるのはお門違いというものだろうが、逆説的にネフィがその手がかりである証拠でもあった。

そこに、ザガンが口を開く。

「もうひとつ、気になることがあるな」

「なんです？」

「シェムハザだ。やつはこう言った。『古き盟約の下――――に託した可能性を、いま一度確かめにきた』と」

その言葉に、アスモデウスのみならず、ネフィも顔をしかめた。

「すみませんね。いま、なんて言ったんですか？　よく聞き取れなかったんですけど」

隣を見ると、ネフィもうなずいている。

――ふむ。やはり〝ソロモン〟という名は認識できんか。

ザガンもシェムハザが口にするまで、まったく認識できなかった名だ。黒花からの報告にも似たような事例があった。

「何者かの名前らしいが、そいつにはよほど強力な封印……いや、呪いでもかけられているらしい。耳にしても記憶できず、認識できんようなものだ」

「記憶できない……？　へえ、さすがザガンくんですね。それかもですよ」

「というと？」

アスモデウスはにんまりと笑みを浮かべる。

「順を追って話そうと思ってたんで言ってませんでしたけど、天使がいなくなってから魔族を封印しようとした人がいたらしいんですよ。で、私が知りたいのはそっちなんです」

こちらは、ザガンも初めて耳にする情報だった。

ひと口アイスクリームを頬張る――長話をしているにも拘わらずまったく溶ける様子がないのは魔術で低温を保っているのだろう。ザガンも真似をすることにした――と、空になったスプーンをピッとザガンに向ける。

「アルシエラちゃんの話だと、一千年前に魔族を封印したその人は、名前も存在もこの世界から消されちゃったらしいんですよね。あは、なんだか繋がった気がしません？」

「…………」

ザガンは渋面を隠せなかった。

――この師弟、どういう情報網を持っているんだ？

千年前のことを、アルシエラがペラペラしゃべれるはずはない。

にも拘わらず、この少女はここに来た。

アスモデウスもさることながら、ウェパルもザガンが最近になってようやく掴んだような情報まで逐一把握していた。

もしかすると、アスモデウスが弟子に与えたのは単純な魔術の力ではなく、情報収集の術だったのかもしれない。だとすると、ずいぶん入れ込んでいることになるが。

そんなザガンの反応に、アスモデウスは確信めいた笑みを浮かべる。

「ザガンくん、その名前も消えちゃった人の名前知ってるんですよね？　どんな人だったのか教えてもらえます？」

ザガンは小さくため息をもらす。

——やれやれ。話の主導権はこっちで持っておきたかったのだがな。

こうも図星を指されては、はぐらかすのも不可能だろう。

ややあって、ザガンは観念して口を開く。

「銀眼の王と呼ばれている者だ」

「……？　それ、ザガンくんの呼び名じゃありませんでしたっけ？」

それがなにを示すかまでは摑んでいないようだが、アルシエラがザガンをそう呼んでいたことは知っているようだ。

「初代銀眼の王だ。俺はその三代目ということになるそうだ」

「ということは、ザガンくんのおじいちゃんだかおばあちゃんです？」

「らしいな」

〝ソロモン〟という名から恐らく男だろうとは思うが、それ以上のことは推測する材料すらない。

アスモデウスは腕を組んで考える。

「ふぅん……」

「なにか気に入らんことでもあったか？」

「ん、そういうわけじゃないんですけど、そうなるとリュカオーンのことも調べた方がいいのかなって思いまして」

どうやら〝銀眼の王〟という名前が、リュカオーンの伝説に登場することくらいは知っているらしい。

――逆に言えばその程度にしか知らんくせに、ピンポイントで俺のところに来たのか。

勘なのかなにかは知らないが、現状もっとも魔族の封印に近しいのだろう神霊魔法と銀眼の王に狙いを定めてやってきた。恐るべき慧眼である。世界中から憎まれながら、平然と四百年も生きてきただけのことはある。

まあ、そこまで摑まれているならもったいぶっても意味はない。ザガンは静かに首を横に振った。

「リュカオーンを調べても、あまり手がかりは期待できんだろう。あっちは二代目の話だからな」

「ややこしいですねえ。でも二代目の記録が残ってるなら、手がかりもあるかもしれないじゃないですか」

「そんなに気になるんなら本人に聞いてみればいい。同一人物と言っていいのかはわからんが、当人の記憶ぐらいは持っているやつがいる」

「へえ、それは運がいいですね」

さして驚いた様子もなく、むしろ期待通りといった反応から、ザガンも察しがついた。

「なるほど、俺を訪ねてきた本当の狙いは〈ネフェリム〉か」

千年も昔のことを探るなら、当事者たちに聞くのが一番である。

「あは、ザガンくんなら知ってるだろうと思ったからお話しに来たんですよ？　せっかく保護した〈ネフェリム〉から情報聞き出してないわけないですもんね」

だが、それが目当てならフォルに接触するはずだ。〈ネフェリム〉たちが住む〝虐げられし者の都〟はあの子の領地なのだから。

そうしなかった……いや、そうできなかった理由に、ザガンは心当たりがあった。

――〈メルクリウス〉か。

ザガンがフォルに与えた音叉の形をした武具である。マルコシアスの遺産のひとつなのだが、どうにも〝いまの〟マルコシアスはこれを狙っているらしい。

その奪還に失敗したアスモデウスがフォルと馴れ合っていれば――それも孤高の《蒐集士》が、である――どんな愚鈍でもフォルを怪しむ。

だから、会うわけにはいかないのだ。

――フォルとの友情を重んじているなら、俺がないがしろにするわけにもいかんか。

ザガンは膝を組むとパフェをひと口頬張ってから口を開いた。

「いいだろう。こっちで掴んでいる情報はくれてやる。魔族に関して新しく情報が手に入れば、それも共有してやろう」

その宣言に、アスモデウスはキョトンとしてまばたきをする。

「ずいぶんあっさり飲むんですね。まあ、こっちとしてはラッキーですけど」

「不服か？」

「世の中タダより高いものはないもんですよ？　嬉しいけどあとが怖いですねえ」

ザガンは首を横に振る。

「貴様は義理を通した。だから応える。それだけの話だ」

その意味がわからぬアスモデウスではないだろう。複雑そうな表情で、視線を逸らした。

「愛されてますね。あの子は」

「当たり前だ。愛していなければ親になどなるものか」

揺るがぬ答えに、アスモデウスもついに苦笑をもらす。

「ま、それだけ大事にされてるなら安心ですね」

それは、この少女が初めて見せた笑顔というものだったのかもしれない。

アスモデウスはパフェの最後のひと口を平らげると、席を立った。

「とはいえ、取り引きなのにタダ同然ってのは気分が悪いですからね。基本的には、魔族の対処はこっちでやってあげますよ」

そのひと言に、ザガンは露骨に顔色を変えた。


『――いま、なんと言った？』


我知らず魔力さえ込めたそのひと言に、テーブルが耐えきれずに砕ける。

アスモデウスが目を細め、同じように魔力を込めた言葉を返す。

『あは、残念ですね。ザガンくんとは仲良くやれそうな気がしたんですけど？』

衝突するふたつの魔力が、渦を巻いて空間を歪める。

突如として臨戦態勢になったふたりの〈魔王〉に、周囲の客たちも蜘蛛の子を散らすように逃げていく。しかし中にはまだこれを〝いつもの〟と思ったのか果敢に双眼鏡を構えて居座る愚者もいた。

ザガンが真っ直ぐアスモデウスを見据えてもう一度同じ言葉を投げる。

「なんと言ったと、聞いている」

苛烈ながら、しかし敵意や憎悪の込められぬその声に、アスモデウスの顔にも戸惑いが浮かんだ。

「……魔族の対処はこっちでやってあげるって言ったんですけど、なにか気に障りました？」

その言葉に、ザガンはカッと目を見開いて立ち上がる。

「貴様を誤解していた！」

そのまま手でも握りそうになるのをグッと堪え、ザガンは心からの謝罪を込めてそう言った。

「これまでの態度を詫びよう。貴様は信頼の置ける魔術師だ。貴様が助けを必要とするなら、俺とネフィは助力を惜しまん」

その言葉の意味をわかってくれたのだろう。ネフィもコクコクとうなずく。思わずツンと尖った耳の先までほのかに紅潮しているのが愛らしい。

「……ええー？」

突然、手の平を返したような親愛に、アスモデウスは理解できないとばかりに身を仰け反らせる。

「思えば、これまで拘わってきた連中はどいつもこいつもネフィとの時間を邪魔するような用件ばっかりだった」

だが、この少女はどうだ。

これからネフィとの時間を台無しにするだろう魔族に対し、健気にもその対応を請け負うと申し出てくれたのだ。

ザガンはこの有益な少女を守らねばならない。

……まあ、アスモデウスを倒したがっているウェパルに全面的に協力していながら、同じ口でそう言ってしまうあたりが、ザガンも魔術師であるということなのだろうが。

アスモデウスは助けを求めるように、ネフィへ目を向ける。

「えっと、みなさん、悪い方々ではなかったんですけど、ザガンさまがお忙しくなってしまったのは事実ですし、わたしもこれからまた大変になるのだと思っていたので、リリーさんの言葉はすごく嬉しかったんだと思います」

さすがはネフィである。ザガンの言わんとすることを、全て代弁してくれていた。

アスモデウスはなんだか疲れたように頭を抱える。

「えっと、まあ、はい。大事なことは、人それぞれですよね？」

「うむ！　貴様には期待しているぞ」

それから、ザガンは思案する。

「そうだな。貴様、〈ネフェリム〉のシュラと仲がよかったそうだな。貴様が望むならやつを好きに使ってかまわんが？」

「あ、そういうのはいいです。私、ずっとソロでやってたんで他の人って足手まといにしかならないっていうか……」

それから、悩ましげに首を傾ける。

「それに、あの人にはなんかこう、好意を抱かれちゃったみたいですからねえ。幻滅させるのも可哀想ですし、関わらない方がいいと思うんですよね」

まるで脈のなさそうな反応に、ザガンは少しばかり同情した。

――向こうは幻滅なんてしないだろうがなあ。

まあ、無理に押しつけてもいい結果は生まないだろう。

それに、リチャードとネフテロスみたいな事例もある。待つことで変わることもあるだろう。いまは放っておいた方がいいようだ。

「む、そういえば……」

〈ネフェリム〉の名前が出たことで、ザガンはあることを思い出した。

「どうしました？」

「初代銀眼の王に関してなら、シアカーンがなにか摑んでいた可能性がある」

「え、猫ちゃんですか？」

「猫……？　ああ、シアカーンのことか」

ザガンは心の中で同情した。

――やつも災難になあ。

いまにして思えば、彼は〈魔王〉の中でも真っ当な人格な持ち主だった。その分、変人だらけの〈魔王〉の中で苦労したのだろうと思う。

なのだが、アスモデウスは心外そうな声をもらす。

「シアカーンのあだ名を聞くとみんなその微妙そうな顔するの、なんなんですか？」

「むしろなぜ引かないと思ったのか聞きたいところだな」

「おかしいですね。猫ちゃん本人は結構気に入ってたみたいなんですけど……」

「……そうか」

まあ、この魔術師に他人の気持ちを考えろというのも滑稽な話だろう。

「あ、その顔信じてませんね？　本当ですから。なんか師匠のことを思い出すとかでまんざらでもなさそうだったんですから」

「……リゼット・ダンタリアンか」

その言葉に、ザガンは思わず反応してしまった。

八百年前、マルコシアスに命も理念も踏みにじられ、命を落とした非業の二代目〈魔王〉筆頭である。

シアカーンは彼女を蘇らせようとしていた。それがステラに拾われ、現在はその義妹となっているリゼットだ。

——あっちも、マルコシアスに狙われているのかもしれんのだ。

その情報はステラにも共有しているため、あっちは彼女が守るだろう。それでも相手がマルコシアスとなると、絶対などというものはない。

アスモデウスもその名前に興味がないわけではないだろうが、ザガンが話さないということは魔族とは関係ないと判断したのだろう。続きを促してくる。

「で、なんで猫ちゃんがその銀眼の王のこと知ってると思ったんですか？」

「やつが同じ呪いを使ったからだ」

その答えにアスモデウスは目を見開いた。

「え、それ本当ですか？」

「本来のものに比べると不完全のようだが、マルコシアスにその呪いをかけたらしい。おかげでやつのいくつかの側面がこの世界から抹消された」

マルクという名に、教会教皇という立場である。他にもなにかあるかもしれないが、ザガンの知る限りではその辺りだ。おかげで教会は五年にわたって教皇不在という異常事態にも拘わらず、それを疑問に思うことさえ困難だという。

とはいえ〝ソロモン〟とは違い、聞いた傍から忘れるようなこともなければ、一度思い出せばあとは普通に認識できている。

そこまで劣化させないと制御できなかったのか、それとも単に不完全にしか再現できなかったのか、いずれにしろオリジナルに比べれば効果はだいぶ落ちていたようだ。

アスモデウスはうなる。

「でも、猫ちゃんの拠点はザガンくんが消し炭にしちゃったんですよね？」

「そうだな」

〈天燐・鬼哭驟雨〉をたたき込んだのである。なにもかもが塵になった上、あの場所は今後何百年も草木一本生えない不毛の地と化している。

他に拠点があったとしても、五年前の時点でマルコシアスに消されているだろう。痕跡を探るのは難しい。

その事実に、アスモデウスはなにやら考え込んで、なにか思い出した声を上げる。

「あ、猫ちゃんって誰か弟子いませんでしたっけ？」

「シャックスのことなら、いまは遠征に出している。戻ってくるまで、まだ数日はかかるだろう」

〈魔王〉フォルネウスとの交渉だ。そう簡単に済むとは、ザガンも思っていない。そしてデクスィアは使い魔扱いだったため、大した情報は与えられていないのは確認済みだ。

アスモデウスは肩を竦める。

「手がかりとしては、あまり期待できそうにないですね」

「かもな。やつが戻ったら調べておく」

こちらから出せる情報はこれで全てだろう。

　アスモデウスは満足したように、いつもの軽薄な笑みを浮かべる。

「それじゃ、連絡手段は〝例のやつ〟を使ってください。こっちも進展あったら連絡するんで」

「わかった。貴様もせいぜい用心するんだな」

　アスモデウスがマルコシアスを信用していないように、マルコシアスも彼女を信用していない。いつかは裏切られるだろう。

　忠告を投げると、アスモデウスはなぜか目を丸くした。

「あは、やっぱり親子なんですねえ。まあ私、往生際が悪いので有名なので？」

　どういう意味の言葉なのか、アスモデウスはそう笑うと虚空に姿を消していった。

　それから、ザガンは後ろの席に向かって声をかける。

「……話さなくてよかったのか？」

　そこにはフォルと、その従者であるデクスィアとアリステラの双子が座っていた。

　問いかけられた幼女は、ザガンたちと同じパフェのグラスにスプーンをカランと揺らしてうなずく。

「……うん。リリーが私を気に懸けてくれてるのはわかったから、いい」

「フォル……」

アスモデウスが現れてからすぐに、フォルも姿を消して後ろの席に潜んでいたのだった。

――まあ、やつもそれがわかっていたから、フォルの話題を避けていたんだろうな。

なんとも不器用な関係だが、それがこの子たちの友情なのだろう。

「デクスィアとアリステラもついてきてくれてありがとう。おかげで安心できた」

「お嬢、こういうのはもうこれっきりにしてよね。寿命が縮むわよ」

嬉しそうなフォルとは裏腹に、デクスィアは気が気じゃないと言わんばかりにくたびれた顔をしている。

まあ、デクスィアからすると、いまのアスモデウスとかつてのリリーが同一人物と言っていいのかも疑わしいところなのだ。一触即発の状況になったときなどは、本当に生きた心地がしなかっただろう。

――それでも逃げずにフォルや妹を守ろうとするあたりが、信頼に値するのだがな。

そのうちなにか特別報酬でも与えてやることにしよう。

そこにアリステラがおかしそうに続く。

「でも、お姉ちゃんもホッとした顔してる」

「そんなんじゃないったら……」

空になったグラスを置いて、フォルたちもまた姿を消すのだった。

「黒マント……は、ちょっと安直かな。顔なし……は悪口だよね。うーん、じゃあノーフェイスとか？」

聖都ラジエル。大陸でもっとも栄えたこの街にも、貧民街や裏路地というものは存在する。それが夜ともなれば、真っ当な人間は間違っても近づかないだろう。

そんな場所で、場違いに品の良い服装をした少女が呑気につぶやいていた。

リゼット・ディークマイヤー。現在行方不明ということになっている元聖騎士長ミヒャエル・ディークマイヤーのふたり目の養子にして、現聖騎士長ステラ・ディークマイヤーの義妹である。

礼服めいたその衣装は聖騎士学校の制服なのだが、それが汚れるのも気にせずこんな裏路地に腰を下ろしている。

『……なんの話をしている？』

少女の隣には、人の形をした暗黒がたゆたっていた。その声から、これが男性なのだろうと感じられる。

ひと月前、リゼットはこの異形の存在と出会った。

人間ではなく、魔獣や魔物のように生きているのかすらもわからない。恐らくは聖騎士が討伐すべき対象なのだろうが、リゼットはこれを誰にも話さず匿うことにした。そうして、学校が終わると同時にここに入り浸っているのだ。

——本当は、お姉ちゃんに相談した方がいいんだろうけど……。

だが、もしステラが彼を斬ると判断したら、リゼットには止める術がない。この暗黒がなにか危険なものなのだろうことは、無知な自分でもなんとなくわかってはいるのだ。逆に匿うと判断したなら、他の人にバレたとき彼女が責任を問われてしまう。

だから、ステラにも話していなかった。

——まあ、普通に気付かれてそうではあるけどね……。

きっと、ステラも彼が何者なのか見定めようとしているのだろう。

暗黒が口を利いたことに、リゼットはイタズラでも成功したような笑みを浮かべる。

「あ、やっとしゃべってくれた。なにって、あなたの名前よ。どれがいい？　あなた、話しかけても返事もしてくれないんだもの。名前くらいないと不便でしょ」

『…………』

　また閉口する暗黒に、リゼットは楽しげに続ける。

「他にはどんなのがいいかな。裏路地でじっとしてるから、ネコさんとかは？」

『……シェムハザ』

　放っておくと、どんな名前を付けられるかわかったものではないと察したのだろう。暗黒は、ようやく名前らしきものを口にした。

「シェムハザ……それが、あなたの名前なの？」

『……そうだ』

「ふふ、シェムハザさんか。素敵（すてき）な名前だね」

　正直、リゼットにしか見えない幻（まぼろし）かなにかではないかと疑い始めていたのだ。言葉を返してくれたことは素直（すなお）に嬉しかった。

『……貴公、ここにパンを持ってくるのはもうやめるがいい。見知らぬ子供が持っていくだけだ』

「ああ、やっぱり食べてなかったんだ。あなたはご飯食べなくても平気なの？　あ、持ってかれたパンのことは気にしないで。なんとなくそうじゃないかと思ってたから」

　シェムハザは怪訝そうに顔らしきものを向けてくる。

　輪郭としては顔らしくはあるのだが、そこに浮かんでいるのは円と直線の幾何学（きかがく）模様のようなにかである。ようやくしゃべってはくれたものの、そこから声が発せられているのかも疑わしい。

そんな認識すら難しい暗黒だが、小さくため息をもらしたのがわかった。

『気付いていたなら、なぜ持ってくる。無意味だ』

「無意味じゃないよ。私もその子たちと同じだったから、分け前をわけてるんだ。パンひとつで生き死にが決まっちゃうようなこともあるし、生きてればそのうち運を掴める日も来るかもしれない。パンを持って行っちゃったその子は、ひとつ運を掴んだんだよ」

そう言って、自分の分のパンをむしって口に放り込む。

――この人、中に人間が入ってたりするのかな？

なんというか輪郭が人型だというだけではなく、仕草が人間くさいのだ。

そんなことを観察していると、暗黒――シェムハザは怪訝そうな声をもらす。

『理解できんな』

「かもね」

リゼットは気を悪くした素振り（そぶ）りも見せず、笑って返す。

「私はこう思ってるんだ。幸運によって与（あた）えられたものは、次の誰かに譲（ゆず）るものだって」

本当なら、リゼットは数か月前の〈アーシエル・イメーラ〉の日に死んでいたはずなのだ。

それがステラに出会って、ザガンに出会って、あの人の最期を看取って、たくさんの人に助けてもらって、与えてもらって、ここにいる。

それより前の、裏路地で悪たれどもと連んで残飯を漁る毎日でも、助けてくれる誰かがいた。コインを放ってくれたり、パンやくだものをわざとらしく落としていったりだ。

向こうはそんな気はなかったのかもしれないし、自分より哀れな者に施しを与えて自尊心を満たしたかったのかもしれない。それを拾えたのはただの偶然だし、そもそも当時の自分はそんなことをされても感謝などしなかった。

それでも、そんな小さな幸運が自分を生かしてくれたのだ。

だから、リゼットはこの裏路地で同じものを返す。

幸運によって与えられたものを、次の誰かに譲るために。

なのだが、シェムハザは頭を振る。

『理解できんと言ったのは、我に関わろうとすることだ。慰め合いなら人間同士でやればよかろう』

「慰め合いって……まあ、あなたから見たらそういうものかもしれないけど」

パンの最後のひと欠けを口に放り込むと、リゼットはまた笑って返す。

「なんだか、助けてほしそうに見えたから」

初めて会ったとき、彼はとても悲しそうに嘆いていた。

シェムハザは、顔のない顔を上げる。威圧感のようなものが霧散し、なんだかポカンとしているように感じられた。

「裏路地でそんな人を見かけたら、手を差し伸べたくもなるものなんだよ。裏路地の兄弟としてはね？」

だって、リゼットはそうしてもらったのだから。

なんの疑いもなくそう答えると、シェムハザはぺたんと手のような部分で顔を覆った。

『はは……。まさか、我を兄弟とはな』

「あ、笑った。あなた、やっぱり人間みたいだよね」

『…………』

シェムハザはまた暗黒さながらに沈黙するが、そこから感じたのは苛立ちというより羞恥ちに思えた。

——あ、これ照れてるのかな？　なんか可愛いかも。

なぜか、遠い昔にも似たようなことがあったような気がする。五年前より前の記憶などないはずなのだが。

リゼットは立ち上がるとスカートの汚れをぱっぱと払う。まあ、その程度で取れるものではなかったので、こっそり魔術も使った。

「そろそろ帰らないと。明日もまた来るね、シェムハザさん？」

『…………』

相変わらず、シェムハザはなにも答えなかったが、無視されているわけではないのはなんとなく伝わってきた。

いつもよりも軽い足取りで、リゼットは去っていくのだった。

『……それで、貴様は今日はいいのか？』

そうして誰もいなくなった裏路地で、シェムハザは独り言のようにつぶやく。

その声に応えるように、ストンと空から人影が降ってくる。

「――ま、私としては可愛い妹分が変なことされなければ、それでいいからねー」

ステラ・ディークマイヤー。現状、リゼットの保護者ともいうべき立場の女である。

リゼットは知る由もないことだが、この娘はシェムハザとリゼットが会う間、常に殺気を向けてきていたのだ。

それが、今日は敵意の欠片も見せていない。

ステラはおかしそうに笑う。

「しかし……うん、そうか。裏路地の兄弟か。リゼットは、キミのことをそう受け取ったわけか」

『変わった娘だな』

素直な感想に、しかしステラは気を良くしたようにうなずいた。

「お姉ちゃんとしては、妹分のわがままには応えてあげないとね」

つまるところ、和解の申し出というものなのだろう。

シェムハザは小さくつぶやく。

『……人間には、一宿一飯の恩義という概念があるらしいな』

ひと晩の宿、一杯の飯のようなささやかな恩も、忘れるものではないという戒めだ。

『いましばらく、この薄汚い路地に留まるとしよう。人に在らざる者たちは我の管轄だ』

その言葉に、ステラはキョトンとしてまばたきをし、それから大きく噴き出した。

「あっははは！　一宿一飯って、キミ実は結構なおじいちゃんでしょ」

『…………』

やかましい笑い声に、シェムハザは閉口する他なかった。

◇

「キミのご主人さま、なかなか見つからないね……」

侍女(メイド)の少女のご主人さまを捜(さが)して街を彷徨(さまよ)い歩いたものの、いささか手がかりが少なすぎたようだ。なにも見つからないまま陽が暮れてしまっていた。

空を見上げると、ごっそりと欠けた三日月が浮かんでいる。

ミーカが聖騎士長に就任したとき、お祝いにともらった甜瓜(メロン)を思い出す。母と兄弟五人で分け合った甜瓜(メロン)はいままで食べたどんなものよりも美味(おい)しくて、弟たちは皮まで食べようとした。その皮が、ちょうどこんな形だった。

――ダメだ。さっきから考えることが走馬灯めいてる。

誰か生きる希望をください。

虚(うつ)ろな目をして月を見上げるミーカに、少女が気遣(きづか)うような声をかけてくれる。

「疲労、疲れる、しましたか？」

「あ、いや大丈夫だよ」

「謝罪、謝る、します。助けるしてくれて、ごめんなさい」

ミーカは慌てて首を横に振った。

「俺はただそうしたかったからキミのご主人さまを捜してるだけだし、なんなら仕事だからだ。だから、キミが気にするようなことじゃないんだよ」

「そう、です？」

ミーカの気が滅入っているのは、この少女のご主人さまを見つけてしまったら、本来の仕事に戻らなければならないという絶望から来るものだ。

むしろ、いま少女を助けていることで救われてさえいるのだ。

そこで、きゅうと腹が情けない音を立てる。

――そういえば、昼ご飯も食べてなかった。

少女はまるで疲れた様子も見せないが、昼食くらいは摂ったのだろうか。いずれにしろこの時間では空腹も感じているだろう。

ミーカは思い切って提案してみる。

「あ、あのさ！　お腹減ってないかい？　まだご主人さまは見つかってないけど、少し休憩しない？」

「休む、食事、するですか？」

不思議そうに首を傾げて、それからなにやら納得したようにうなずく。

「配慮、認識？　足りなかったです。休む、するしましょう」

いかにもー『気付いてあげられなくてごめんね』とでも言うような反応に、ミーカは落ち込んだ。

——なんかこっちが気を遣われてる！

しかし助けると言ってなんの役にも立ってあげられていないミーカに気を遣ってくれるとは、やはり優しい子である。

それから、先ほどの少女の言葉を思い出す。

「あ、あとさ、さっきみたいなときは、ごめんなさいって言うよりいい言葉があるよ」

「さっき、です？」

「ほらあの、俺がキミを助けたことに対して、キミはごめんなさいって言っただろう？」

「はい、言った、しました」

「ああいうときは、ありがとうって言う方が、お互い嬉しい気持ちになると思うよ。もちろん、迷惑じゃなかったら、の話だけど」

　そう説明すると、少女はなるほどとうなずいた。
「ありがとう、です、ございました？」
　またなんだかおかしな言葉遣いになっていたが、ミーカは自然と笑っていた。
　――そういえば、名前もまだ聞いてなかったな。
　だが、いまさらどう聞き出せばいいのだろう。
　というか、ミーカ自身も名乗っていなかった。これでは向こうも問いかけづらいという
ものだろう。なぜ最初に聖騎士だと言ったときに名乗らなかったのか。
　懊悩しながら、周囲を見渡してさらに呻くことになる。
「……しまったな。どこの店もいっぱいだ」
　時計は持っていないが、どうやら夕食時だったようだ。外から来る客に対して店の数が
少ないというのもあるのだろう。どこも人でごった返していた。
　休憩を提案したものの、入れる店がなさそうである。
　――いっそのこと、教会まで引き返した方がいいかな？
　少女のご主人さまは教会をよく思っていないようだが、少なくとも休むことはできる。
　そう思って引き返そうとすると、ふと一軒だけ客が並んでいない店が目に留まった。
「あ、あそこなら入れそうじゃないか？」

「なるほどのようです」

この時間で人が並んでいないということは、きっとあまり美味しい店ではないのだろう。それでも、水くらいは出るはずだ。丸一日歩き通しだった体をひととき休めるには、それでも十分である。

そうして店に近づいてみると、存外に普通の酒場に見えた。

通りに面していて立地も悪くないし、入るのを躊躇するほど汚れているようにも見えない。店自体もそれなりに大きく、奥から漂ってくる料理のにおいも食欲をそそるものだ。

なぜ人がいないのか不思議に思いつつも扉を潜って、ミーカはすぐにその理由を悟ることになる。

「ごめんください。ふたりなんですけど、席空いて――」

言いかけて、ミーカはヒュッと息を呑んだ。

「シャックスさん。提案なんですけど、この人を拉致して帰るのはどうでしょうか？」

「クロスケ、落ち着け。それをやったら確かに帰れるけど、全部お終いだぞ？」

「――『だが、これぱかりは君のせいだろう。君が送ってくれた本はあまりに魅力的で、時間のことをすっかり忘れてしまった』――」

「無理ですよこれ！　しゃべること全部暗号なのに解き方が用意されてないようなものですよ？　そもそも解があるかも怪しいじゃないですか！」

「気持ちはわかるけど、この人なりに意思表示してくれてるんだよ！　考えよう」

そこでは、忍耐の限界だと言わんばかりに錫杖に手をかける猫獣人の少女と、それを疲れ切った顔でなだめる気苦労の多そうな男と、いかにも陰鬱な顔をした老人がひとつのテーブルを囲って尋常ではない殺気や魔力を放っていた。

聖騎士や魔術師でなくとも、この場で命の危険を感じない者はいないだろう。

だが、ミーカが息を呑んだのは目の前に修羅場があったからではない。

その修羅場を演じているうちのひとりに、見覚えがあったからだった。

――《虎の王》シャックス！

新しき〈魔王〉のひとり。その密会を監視するというのが、ミーカに与えられた任務だったのだ。

初めて抱いた印象は、ただの優男。どこか気苦労の多そうな、そんな普通の男である。

だが、ミーカは〈魔王〉というものが外見通りの存在でないことを知っている。

かつて目の当たりにした〈魔王〉ザガンは、まるで新婚旅行中の紳士のような振る舞いで何人もの聖騎士長を蹂躙した。みんな、ミーカよりも遙かに力のある聖剣所持者たちだったというのに、戦いにすらならなかった。

ミーカにできたのは、当時最強と謳われた聖騎士長ミヒャエル・ディークマイヤーに情けなく助けを求めることだけだった。それも、耳を傾けてすらもらえなかったが。

あのザガンが〈魔王〉の中でももっとも強大なひとりであることを差し引いても、目の前の《虎の王》がミーカの手に負える存在でないのは明白である。

続いて視線が向いたのは、その〈魔王〉の正面に座る老人だった。

──向かいに座ってるじいさんが、密会相手？

〈魔王〉の密会場所がこんな変哲もない酒場というのもおかしな話だが、状況からはそう考えられる。

ミーカは迷わず踵を返した。

「こ、こここここの店はよよよくなかったみたいだ！　他の店に行──」

「──ご主人さま！」

「へ──？」

ミーカの脇をすり抜けて、少女が駆け出していた。

そうして駆け寄った相手は〈魔王〉シャックス……ではなく、彼と対面している初老の紳士だった。

　少女は老人の手を取ると、無表情のまま口を開く。

「ご主人さま、勝手にいなくなる、迷子、よくないです。捜す、捜索？　大変極まりない。迷惑、たくさんかけた、ました」

　相変わらずたどたどしい言葉遣いながら、怒濤の勢いでまくし立てる少女に、老人は初めて慈しむような表情を浮かべた。そして、ヘッドドレスに飾られた頭をそっと撫でる。

「――『君を見つけることができて、本当によかった』――」

「ご主人さま、捜したのは私です」

　突然割って入ってきた少女に、《虎の王》が眉を撥ね上げる。

「……ふむ？　お前さんは、何者かな？」

　《虎の王》の注意が、少女に向いた。

　――いまならまだ、逃げられる。

　元より存在感の薄いミーカである。〈魔王〉の視界に入っていても、認識されてはいないだろう。

　扉はまだ開いている。踵を返して一歩を踏み出すだけで、この悪夢のような空間から逃げ延びることができるのだ。

目の前にいるなにも知らない少女を見捨てることにはなるが、そもそも会ったばかりで名前も知らない相手である。可哀想には思うが、自分の命を危険にさらす理由はない。

そのはずだったのだ。


「――早く、逃げるんだ！」


ミーカは少女と《虎の王》の間に、割って入っていた。

少女をかばうつもりなのか、勇ましく両腕（りょううで）を広げてはいるがその足は情けないほどガタガタと震（ふる）えている。

当の少女はというと、状況がわかっていないようでキョトンと首を傾げている。

「逃げて。早く……！」

もう一度同じ言葉を繰（く）り返すが、少女は逃げる素振りを見せなかった。ようやく見つけた主を置いてはいけないという理由もあるのだろう。

そんなミーカに、《虎の王》は困ったような声をもらす。

「おいおい、待ってくれよ。お前さん、なにか勘違（かんちが）いをしてやいないか……？」

そう言いながら、《虎の王》はミーカが背負った大剣（たいけん）を目に留める。

「……へえ、聖剣所持者とはな」

《虎の王》が狩人のごとき笑みを浮かべた。その視線が背中の聖剣へと向けられたのは確かめるまでもなかった。

――あ、俺、ここで死ぬんだ……。

〈魔王〉の密会に、聖騎士長が乱入したのだ。向こうとしては生かしておく理由はないだろう。

その証拠のように、いつの間にかシャックスの隣から猫獣人の少女の姿が消えていた。

――あれ、もうひとりがいない？

声を上げようとすると、すぐ後ろでシャンッと鈴のような音が聞こえた。

錫杖の音である。

直後、尻に氷柱でも突っ込まれたような悪寒が体を駆け抜ける。

――嗚呼、これが本物の殺気ってやつなのか。

絶対に逃がさないという気迫が感じられた。

失禁しなかったのは、耐えたというよりそれすらもできないほど震え上がっていたからに過ぎない。

後ろに立つ死神のような少女は、鎌でも突き付けるように囁く。

「……なるほど、あなたが教会側の応援というわけですか」

情けなく目に涙まで浮かべてガタガタと震えながら、ミーカはせめて抵抗の意志がないことを示すように両手を挙げる。

こんな状況になっても、ミーカはまだ家に帰りたいと思っているのだ。聖剣所持者失格と誹られようが、死にたくない。

退路を断たれたミーカに、今度は《虎の王》がゆらりと立ち上がる。

「話は聞いてるぜ。お前さん、優秀なんだってな？」

命をもてあそぶ者というものは、こうも残忍なものなのか。序列最下位のミーカに優秀とはどんな皮肉だろう。

だが、ミーカが青ざめたのは別の理由だった。

――情報が漏れてる？

彼らは初めから教会の監視に気付いていたのだ。〈魔王〉ともなればそれも当然のことかもしれない。そう考えなかったミーカが浅はかだったのだ。

シャックスはまるで親しい友人にでも会ったかのように優しく肩を抱く。その優しさが恐ろしくてたまらない。

「お前さんの名前はなんといったかな？　まあ、座りたまえよ」

絶対に嫌である。

座ったらもう、生きて帰れないのは確実だ。いますぐこの手を振り払って逃げ出すべきなのに、出口までの道のりは断崖絶壁のように隔絶されて見えた。

なのに、猫獣人の少女がスッと椅子を引く。問答無用で、ミーカはテーブルに着かされてしまう。

「お前さんはどこまで話を聞いてるのかな？　ああ、自己紹介をしておこう。俺はシャックス。二代目の《虎の王》だ。そっちは黒花・アーデルハイド。リュカオーンで一番腕の立つ剣侍だ」

悪夢のようなふたり組だということだ。

しかしシャックスが突き付ける地獄はそれに留まらなかった。

「で、そっちに座ってるのが《傀儡公》フォルネウス殿。現状、もっとも古き〈魔王〉だ」

〈魔王〉が直々に出向く相手が何者かと言えば、同じ〈魔王〉だという。

そして、こうして丁寧に説明されていることが、彼らがミーカを生かして帰すつもりがないなによりの証でもあった。

ミーカに現実を突き付けると、その両脇を固めるようにシャックスと黒花と呼ばれた猫獣人が左右に座ってきた。

それから、彼らが目を向けたのは侍女の少女である。

「時間を取らせてすまないな。そちらの話を聞かせてもらってもいいかい？」

そうして、シャックスはこんな名前を口にするのだった。

「その男を主と呼ぶということは、《雷甲》のフルフルというのはお前さんのことか？」

それが元魔王候補――〈魔王〉に次いで警戒すべき魔術師の名であることは、ミーカでもぼんやりとは知っていた。

ただ、それが目の前の愛らしい侍女へ向けられたことに、理解が追いつかなかった。

なんの冗談かと少女に目を向けると、彼女は真っ白なエプロンを持ち上げて、丁寧に腰を折った。

「はい。フルフル、私の名前、名付けるしてもらったです」

絶望を突き付けられるとは、こういうことを言うのだろう。

――俺は、なんてものといっしょに歩いていたんだ……。

青ざめるミーカをよそに、しかし両隣のふたりは最後の希望を見出したように縋るような声を上げる。

「じ、じゃあ、あなたならその人が言ってることわかりますか？」

猫獣人の言葉の意味がわからなかったミーカは、にわかに困惑した。

その人と指差されたのは〈魔王〉フォルネウスである。

侍女の少女――フルフルは主にちらりと目を向けると、どういうわけかプルプルと首を横に振った。

「ご主人さまは、しゃべる、話す？　苦手、難解、不明瞭。私には、理解困難です」

「……ですよね」

黒花とシャックスは、それまでの威厳もどこへやらもうなにもかも嫌になったと言わんばかりにテーブルに突っ伏した。

フルフルは微動だにせず立ち尽くし、当のフォルネウスはというとそんな空気もどこ吹く風で蒸留酒の注がれたグラスを傾けている。

やがて、黒花が暗い声で囁く。

「……シャックスさん。名案があります。首と右手だけ持って帰りませんか？　お兄さんなら、それだけあれば記憶を読むくらいできると思います」

「……俺も同じ気持ちだけどやめろクロスケ。それじゃ殺し屋だ」

「シャックスさんこそお忘れですか？　あたし、そもそもそっちが本業ですよ？」

「だからもうお前はそういうことしなくていいって言ってんだよ。殺るなら俺が殺る」

「……もう、こういうときにそういうこと言うのって、ズルいです」

自分はいったいなにを見せつけられているのだろう。ミーカの中で恐怖より困惑の色の方が強まっていた。

そんなミーカに気付いたのか、シャックスが困ったように笑いかける。

「ああ、悪いな。なんていうか、俺たちはこの人と交渉に来たんだが、会話ができなくて途方に暮れてるんだよ」

「……ん？」

「正直、道連れがひとり増えただけでだいぶ気が楽になりました」

「……んん？」

なんだか思っていたのと違う反応に、ミーカはさらに困惑させられる。

とうとう耐えきれなくなって、ミーカは声を上げる。

「あ、あの、状況が、よく、わからないん、ですけど……」

その言葉に、シャックスと黒花が顔を見合わせる。

「そうですね。順を追ってお話しします。あたしたちがこの街で会合をするってことは教会も把握してるんですけど、さすがに〈魔王〉同士が接触するのを見て見ぬふりするわけにはいかないので、聖騎士長がひとり派遣されることになったんです。それがあなたです」

「え……？　いやあの、なんで教会の情報筒抜けなんですか？」

「あ、そこは一応、あたしは教会の人間でもあるので」

はて、とミーカは考える。

――リュカオーンの猫獣人で、教会の人間？

どこかで聞いた話だ。そう考えて、ようやく思い出す。

「ああ！　外交問題になってる人！」

思わず声を上げると、黒花が顔を覆った。

「……外交問題になってるんですか？　すみません」

消え入るような声で、猫獣人の少女はそう言った。

――い、意外と、怖い人じゃないのか……？

戸惑っていると、シャックスがいかにも苦労人のような疲れた笑みを浮かべる。

「まあ、なんだ？　いろいろ戸惑ってるとは思うが、俺たちは〈魔王〉ザガンの派閥だ。おたくらのところで言う〝共生派〟みたいなもんだ。お前さんの命は俺が保証するから、心配しなくていい」

「え……？」

まさか〈魔王〉から聞くとは思わなかった言葉に、ミーカは耳を疑った。

「俺、死ななくていいんですか？」

「死ぬつもりでここに来たのか？　事情は知らないが、自分の命はもっと大切にしろ。教会だって〈魔王〉との戦闘経験のある聖騎士長を無駄死にさせたくはないはずだぞ」

「で、でも俺、才能なくて。序列だって最下位だし、もう、いらない人間なんだって……」

死なずにすむとわかってホッとしてしまったのだろうか。語るミーカは涙を堪えられなくてしゃくり上げていた。

シャックスと黒花は顔を見合わせる。

「馬鹿なことを言うもんじゃねえぞ。死んでいい人間なんて、ひとりもいやしないんだ」

「そうですよ。ステラさんだって、見込みのある人を送ったって言ってましたよ。それがあなたのことなんでしょう？　だったらもっと自信を持ってください」

〈魔王〉はびっくりするくらい親身に励ましてくれた。

「な、なんでそんな優しくしてくれるんですか？」

「……いやだって、少なくともお前さんは会話ができる相手だし」

シャックスと黒花は、気まずそうに視線を逸らした。

彼らは彼らで、なにか苦労をしていたようだ。

それから、いつの間にか侍女の少女――フルフルと呼ばれていた――がミーカの前に立っていた。

フルフルは、ぺこりと腰を折る。

「ご主人さまを捜す、見つけるしてくれて、ありがとうございます、しました。……あってる、してますか？」

それから、心配そうにミーカの顔を覗き込む。

「私は、助けるしてもらって、嬉しかったです。次は、私が助ける、するしますか？」

もしかすると、この世界はミーカが思ってるよりずっと優しいのかもしれない。

ミーカもようやく涙を拭って、笑おうとしたときだった。

「ぱう！　今宵の素晴らしきお客様は揃ったようでございますな」

優しい世界に存在してはならない者が、そこに佇んでいた。

◇

「……疲れた」

夜。ザガンたちとの会合を終えたアスモデウスは、まだキュアノエイデスに留まっていた。理由は単純、移動するのも億劫になるくらい疲れたからである。

――あんなベタベタしてて疲れないいんですかね？

〈魔王〉とは思えぬ初々しさは見ていて微笑ましくはあるが、間近に突き付けられると胃もたれがするというものである。

ちょっと歩いて気分転換でもしないと、そのまま食中りを起こしそうだった。

幸い、ここで始末するはずだった魔族はザガンが片付けてくれた。この街で時間を潰すくらいの余裕はある。

フォルに出くわしそうなのが唯一の懸念ではあるが、あれであの幼女も〈魔王〉のひとりだ。会えない理由は向こうもわかっているだろう。偶然出会ったとしても、他人のふりをしてすれ違うくらいはできるはずだ。

そうして、目的もなく歩きながら、なんとはなしに街を眺める。

「平和ですねえ」

〈魔王〉が魔力さえ込めた威圧を放っても、客の大半は少し離れるだけでおもしろそうに見物していた。なんかもう、慣れきっている様子だ。

――そういえば、改めて人間見るのってなんか久しぶりな気がしますねえ。

多くの場合、アスモデウスにとって人間とは標的であるか、知らずに踏み潰してしまう有象無象である。

最近、変なゴシップ記者を捕まえたが、それも人格のあるひとりの人間として認識していたかと言われれば、首を傾げるところである。

それが、いまはこうして歩いている有象無象を〝人間〟だと思って眺めている。

何十年、いや何百年ぶりのことか思い出すのも難しい。

そうして無目的にぼんやり歩いていると、ばったり見知った顔と出くわした。

「あ……」

「む……?」

目の前に現れたのは、燕尾服をまとった初老の紳士だった。左腕には魔術の義手らしき無骨な鎧が着けられている。晩餐も終わっただろうこんな時間だというのに、腕には大きな花束を抱えている。

――ええっと、お名前、なんでしたっけ？

魔王殿の執事だということは覚えているのだが、よく考えたら名前を聞いていなかったかもしれない。

それでも有象無象ではなく、個人として認識できたのには理由がある。

――お姉ちゃんの核石を渡してくれた人……。

煌輝石に触れた人間として見せしめにすべき対象ではあるが、姉の核石を手渡してくれた人物でもある。

それに、この男は見せしめに対して肯定的というか、受け入れるつもりでいるようなのだ。それを殺したところで、見せしめの意味があるのかという疑問はある。

――それにこの人がいなかったら、私かフォルちゃんが死んでたんですよねえ。

そう考えると、まあ借りがあると言えなくもない。

つまるところ、アスモデウスとしても扱いに困る相手であった。

反応に困っていると、先に口を開いたのは執事の方だった。

「ふん。邪魔をしたな」

なにか見てはいけないものでも見てしまったかのように、執事はそそくさと通り過ぎようとした。

「いやいや待ってくださいよ。なんなんですかその変な人でも見たみたいな反応は。ちょっと失礼なんじゃないんですか？」

抗議の声を上げると、執事はさも心外そうに目を丸くする。それから、なにか思い出したようにうなずく。

「……そうだったな。この首は貴様にくれてやるという約束だった。よかろう。こんな老骨の首だが、持っていくがいい」

「人を殺人鬼みたいに言うのやめてもらっていいです？」

どこかの《殺人卿》と同類みたいに言われるのはさすがに我慢ならない。

まあ、そもそも先日他界した《無貌卿》と三人合わせて〝もっとも忌むべき〈魔王〉〟とか呼ばれている身だが、それはそれである。人から改めて言われるとなんだか嫌な気持ちになるものである。

執事は怪訝そうに眉を揺らす。

「ふん？　取り立てにきたのだと思ったが」

「いやまあ、そこはなんていうか、ちょっと保留というか……」

《蒐集士》にあるまじき言葉に、執事も不思議そうに首を傾げる。

アスモデウスは曖昧な言葉を誤魔化すように食ってかかった。

「というか、そう簡単に命を投げ出すのってどうかと思いますよ？　あなた結構強いはずですよね？　もうちょっと生きる努力とかした方がいいんじゃないですか？」

ベヘモスとレヴィアあたりに聞かれたら『お前が言うな』と渾身の力で突っ込まれそうだが、アスモデウスは平然とそうのたまった。

この男は仮にも〈魔王〉ザガン子飼いの聖剣所持者である。アスモデウスもひと太刀合わせただけだが、現役聖騎士長の中でもトップクラスの実力に思えた。それがこうも簡単に首を持っていけなどと言うのはどうかと思う。

なのだが、執事はどこか物憂げに微笑むばかりだった。

……アスモデウスは気にしなかったが、傍からは凄絶な笑みを浮かべた老人が生意気な少女に凄んでいるようにしか見えないため、周囲の通行人も足を止めてざわつく。

そんな視線を気にも留めず、執事は口を開く。

「生きる努力か……。いまさら生き足掻くには、取りこぼしたものが多すぎてな。気乗りのしない話だ」

取りこぼしたもの――そのひと言に、アスモデウスは珍しくうなずかされた。

「……それは、少しだけ共感しますね」

力を手に入れたときには、アスモデウスはもう独りだった。

宝石族(カーバンクル)は自分ひとりを残してとっくに滅(ほろ)びており、いまさら守るものもない。できることと言えば、宝石として売り買いされる同胞(どうほう)の核石を取り返すことくらい。

姉の命と引き換(か)えに生き延びたというのに、アスモデウスにはなにも生きる意味がなかったのだ。

ようやく、あのときの言葉の意味がわかったような気がする。

――ああ、そうか。お姉ちゃんやフォルちゃんが言ってた〝幸せ〟って〝未来〟のことですか。

確かに、自分にはないものだ。

全ての核石を取り戻(もど)したあとは、きっと誰(だれ)にも関わらずゆるやかに死んでいくことになるだろう。それが叶(かな)わなかったなら、自分もろとも全てを滅ぼすだけだ。

アスモデウスは爆弾(ばくだん)なのだ。

爆弾に未来などあろうはずもない。

思わずうつむくアスモデウスに、執事は言葉を続ける。

「それにな、この年になるといまさらやれることも、やるべきことも多くはない。それで若人(わこうど)の糧(かて)になるのなら、死ぬのも悪くはない」

「若人って、私はあなたの何倍も生きてるんですけどねえ」

「笑止な」

執事は鼻で笑うと、花束を義手の方へと抱え直す。

「きっとそうなのだろう。だが、貴様ら魔術師は長命ではあるが、それは止まった時間の中を生きているのだ。我とは違う。貴様の中身は見てくれと大差ないように見える」

せっかく人が友好的に振る舞ってやっているというのに、カチンとくるひと言だった。

「は、は――っ？　生意気ですよあなた。私が殺さないとでも思ってるんですか？」

「首は持っていけと言っているであろうが……」

だが、恐らくその言葉は図星だったのだろう。アスモデウスは威厳もなく無様に声を荒らげた。

執事はそんな反応も見透かしたように、ポンとアスモデウスの頭に手を載せる。

「若人呼ばわりが気に入らんのなら、止まった針を動かすのだな。でなければ、いずれその止まった時の中で朽ちていくことになろう」

「…………」

最低最悪の〈魔王〉と呼ばれるアスモデウスが、言い返せなかった。

——なんなんですかこの人。腹の立つ人ですねえ。

それから、執事が大切そうに抱えている花に目を留める。

「おじいさんのくせになかなか可愛い趣味してるじゃないですか」

そう言って、執事の腕から花束を取り上げる。この執事も類い希な力の持ち主ではあるが、《蒐集士》の略奪に抗える者などこの世界には存在しないのだ。

「でも、センスはいまいちですね。白と緑で華やかさがまるでないじゃないですか」

踊るようにその場でくるりと回り、ヒラヒラと花弁を散らせる。そうして鼻で笑って返してやると、執事は静かな声でこう言った。

「墓花だからな。華やかな色は入れられん」

アスモデウスはピタリと動きを止め、それから深々と頭を下げた。

「……えっと、それはその、失礼しました」

舞い散った花弁を魔術で元に戻し、花束を執事に差し出す。

「気にするな。ただの年寄りの感傷だ」

口ではそう言っているが、花束に向けられた眼差し（まなざし）は慈しむようで、もの悲しそうなものだった。

「……あー、気を悪くしたらすみません。親しい人だったんですか？」

執事は首を横に振る。

「いや、一度すれ違っただけの相手だ。命日も、いまごろの時期らしいことしかわかっておらん」

たったそれだけの出会いだとしても、きっと得がたい相手だったのだろう。

——命日……。お姉ちゃんの死んだ日なんて、もう覚えてないです。

アスモデウスは愕然（がくぜん）とした。

命日どころか、姉がどんな声でしゃべって、どんなふうに笑ってくれたのかも思い出せなかったのだ。

姉と同胞たちの死の尊厳を取り戻すために戦ってきた。そのはずだったのに、アスモデウスは彼らの顔も、死んだ日すらも思い出すことができない。辛（かろ）うじて姉の顔を覚えていることができたのは、ペンダントの中に肖像画（しょうぞうが）があったからに過ぎない。

——なるほど、止まった時間の中で朽ちていくって、こういうことですか。

執事の言葉は、嫌になるほど的を射ていた。

まあ、悪行の限りを尽くした《蒐集士》にはふさわしい末路なのだろう。

アスモデウスは銀色の髪を振り払うと、踵を返す。

「邪魔して悪かったですね。どうぞごゆっくり」

さすがに故人を悼む時間を邪魔する趣味はない。

そうして立ち去ろうとすると、その背中に執事が声をかけてきた。

「貴様、時間はあるか？」

「はい？」

「時間があるなら、少し付き合うがいい」

さっさと席を外してやろうというのに、執事は真夜中の散歩を提案してくるのだった。

◇

「――で、なんなんですか、ここ？」

執事に案内されたのは、森の中の古城だった。無数の結界が張られていることから魔術師の住居なのは確かめるまでもないが、どうにも無人のようだ。

執事は扉を開くと、城の中に入っていく。

「我が王の城だ。いまは使われておらぬが、王にとっては大切な場所でな。いまも我が掃除をしている」

「ふうん。じゃあ、ここにあなたの友達も眠ってるわけですか？」

墓花を持って訪れる場所など、墓しかあるまい。

なのに、執事は平然と首を横に振る。

「……？　いや？　関係ないが」

「じゃあなんで私こんなところに連れてこられたんですかっ？」

というか馬車でも少し時間のかかる距離のため、アスモデウスが魔術を使ってまで運んでやったのだ。

「掃除を手伝えとか言うんならさすがに怒りますよ？」

「なにを馬鹿なことを言っている。我が王とフォルの客をもてなさんとでも思うのか？」

「あ、すみません。もてなす環境には見えませんでした」

とはいえ、手入れをしているのは本当なのだろう。古い城だというのに、塵ひとつ落ちていない。ホール以外の場所も、きっと丁寧に掃除されているのだろう。

執事は肩を竦める。

「ずいぶん草臥れた顔をしているように見えた。紅茶くらい飲んでいくがいい」

「…………」

反射的に自分の顔に触れる。

——そんな顔に出てましたかね？

疲れていたのは事実だが、一度会ったことがあるだけの相手に見抜かれるほどだとは思わなかった。

あるいは、それだけこの執事が人を見ているということかもしれないが。

執事はそのまま城の奥へと去っていく。恐らくそちらに厨房でもあるのだろう。ひとり残されたアスモデウスは、ぶらぶらと城内を歩いてみる。

小さな城だ。部屋数もせいぜい二十かそこらだろう。調度品は控えめだが、どれも手入れが行き届いている。

——フォルちゃんもここに住んでたんですかね？

だとしたら、その部屋くらいは覗いてみたい気がする。もう使われていないという話だ。

私物は残っていないかもしれないが、そこはそれ。探究心というものは止められないのだ。

軽いイタズラ心がこみ上げて、ひとまず目についた扉を片っ端から開けていってみる。

執事に怒られたら、まあ閉めればいいだろう。指先ひとつで済む話だ。

とはいえ、やはり引き払われた城だ。部屋の中には空の棚だったり試験管なりが転がっているばかりで、面白みのあるものは見当たらなかった。

そうしてガチャガチャと扉を開けていくと、わずかばかりの生活感が垣間見られる部屋に当たった。

すんと鼻を鳴らしてみると、ほのかに整髪剤のような香りが残っている。

「執事さんの部屋ですかね？」

ベッドには布団が残っていて、テーブルにはペンと日誌らしき手帳が一冊。その奥に、異国風の妙な仮面が立てかけられている。

——狐のお面？

そこそこの年代もののようで蒐集心が疼くが、そこはなんとか自重した。

ポケットに入れるのを我慢する代わりに、ちょいとかぶってみる。

「リュカオーンの意匠ですかね？　エリゴルさんとか好きそうですけど、私にはちょっと合わないですね。でも、造りは上等だし値打ちもののにおいがします」

勝手なことをつぶやきながら、窓を開けてみると、刃物のように薄い三日月が浮かんでいた。

街の灯りもなく、遮蔽物もないおかげで驚くほど澄んだ星空である。

お面を横にずらすと、アスモデウスはよっと声を上げて窓枠に腰をかける。

「綺麗ですね……」

誰にともなく、そう独り言ちる。

月を見て、そんなふうに思うことなどどれくらいぶりだろう。姉がいたときでさえ、改めて感じたことはなかったかもしれない。

――止まった針とやらも、少しは動いたんですかね……。

そう思うようになったのは、あの面倒くさくて頑固な幼女のせいなのだろう。

そうして空を眺めていると、ほのかな紅茶の香りとともに、人の気配がした。

「ここにいたか」

どうやら執事が紅茶を淹れてくれたらしい。

扉から顔を覗かせる執事に、アスモデウスはニッと笑みを浮かべると、月に向かって人差し指を立てた。

「月がとても綺麗ですよ、執事さん？」

「――――」

その言葉に、なぜか執事が信じられないものを見たように目を見開いた。

いまさら女子を主張するつもりはないが、《蒐集士》として美を愛でる心まで捨てたつもりはない。こんな意外そうな顔をされるのは心外である。

批難の意志が伝わったのか、執事は首を横に振る。

「……いや、昔同じような言葉を聞いたことがあっただけだ」

そう言うと、近くのテーブルにティーセットを並べ、ふたり分の紅茶を注いでくれる。

紅茶の種類は知らないが、胸の空くような香りは心地良いものだった。

執事も、なにも言わずにベッドに腰を下ろすと紅茶を傾ける。

「…………」

沈黙。

――えー、なんなんですかこの状況……。

なぜ自分は、名前も知らない老人とふたりで紅茶なんか飲んでいるのだろう。

ひと通り困惑してから、しかし存外に居心地が悪いものでもないと気付く。

自分自身も含めて常に騒がしいのがアスモデウスである。それが黙って傍にいてくれる誰かというのは、心地良いものなのかもしれない。

静かに月を眺めて紅茶を嗜むというのも、やってみるものだ。

——ザガンくんたちは騒がしかったですからね。

自分のことを棚に上げて、アスモデウスはそう苦笑する。

それから、ふと思い出す。

「そういえば執事さん」

「なんだ？」

「お姉ちゃんの……魔王殿の煌輝石の手入れをしていたのは、あなたですか？」

「うむ。そうだ」

であれば殺さなければならない。

なのだが、アスモデウスの口をついて出たのは、こんな言葉だった。

「……とても丁寧に扱ってもらってたみたいで、どうも」

アスモデウスが回収した核石は、宝物庫の中で小さな棺に収めてある。

姉の核石は、非常に状態がよかった。他の核石は煌輝石として少なからず加工された形跡があり、元の状態には戻せないのが普通だ。なのに、姉の核石は生前の形のままで、そのまま棺に収めてあげることができた。

「我が王の持ち物ゆえ、丁重に扱っただけだ。貴様に感謝されることではない」

「……はあ。口の減らない人ですねえ」

呆（あき）れてため息をもらしながらも、アスモデウスは窓辺から席を立とうとはしなかった。

そうしてまた黙って月と紅茶を楽しんでいると、次に沈黙を破ったのは執事だった。

「その面だが……」

言われて、アスモデウスは狐の面をつけたままであることを思い出す。

「ああこれ、なかなかいい趣味してますね。値打ちものですから、大事にした方がいいですよ？」

危（あや）うく無自覚に持ち逃（に）げするところだったアスモデウスは、少し慌（あわ）てて狐の面を外して差し出す。

だが、執事はそれを受け取らず首を横に振る。

「首の代わりに持っていくがいい。我には、過ぎた代物（しろもの）だ」

「……？　いいんですか？　ずいぶん大切にしてるように見えますすけど」

「かまわん」

なにやら釈然（しゃくぜん）としないが、まあもらえるものを拒（こば）む理由はない。

「ま、くれるって言うんならもらってあげますよ」

せいぜい傲慢（ごうまん）に受け取ってやると、執事はこんな言葉を続ける。

「いずれ娘に贈るつもりだったものなのだがな……」

「そういうのもらっても困るんですけどっ？」

まさかとは思うが妻の形見とか言うのではないだろうか。

それは形見だろうが結納の品だろうが、容赦なく略奪してきたのがアスモデウスという魔術師だが、それはモノが煌輝石だったからである。なんでもかんでも奪い取っていたわけではない。……比較的。

さすがに老人も言葉足らずを自覚したのか、言葉を付け加える。

「それはお守りのようなものでな。我は十分過ぎるほど守ってもらった。娘には、もう他に守ってくれる者がいる。だから気にせず持っていけ」

「はあ、そうですか？」

狐の面を引っ込めて、アスモデウスは嘆息する。

——会う人会う人、みんな同じようなこと言うのはなんなんですかねえ……。

アルシエラといい、ザガンといい、この執事といい、アスモデウスの道行きを案じるような言葉ばかり投げかけてくる。最低の〈魔王〉の身を案じるとは滑稽が過ぎるというものだろう。

もしかすると、死相でも出ているのだろうか。

執事のいる方向に向けて、狐の面をかぶり直す。

「……ま、せいぜい気を付けますよ」

ふとカップに視線を落とすと、もう最後のひと口を残すばかりになっていた。

それを飲み干す前に、アスモデウスは問いかける。

「そういえば、お名前うかがってもいいですか？」

人を人とも思わぬ自分にしては珍しく、この執事のことは名前くらい覚えておいてやってもいいと思っていた。

「………っ」

執事は、なぜかすぐには答えなかった。口を開いたものの、そこから声が出なかったといった様子だ。

「……？　なんですか？　まあ、名乗りたくないなら別にいいですけど」

まあ、実際問題アスモデウスに名前を知られたら、なにをされるかわからないから教えたくないと考える者も少なくはない。執事の反応も無理からぬものではあった。

執事は戸惑いを振り払うように頭を振る。

「……今夜は、どうかしているな。なんでもない。忘れるがいい」

それから顔を上げると、執事はどこか懐かしそうな顔をして言う。

「ラーファエルだ。……貴様のことはなんと呼べばいい？」

そう問いかけるのは、彼がアスモデウスのふたつの名前を知っているからだろう。

アスモデウスは肩を竦める。

「好きな方で呼んでもらっていいですよ。アスモデウスでも……リリーでも」

どうでもよさそうに答えたつもりが、言葉は尻すぼみになってしまった。

――いやこれ、いかにも〝リリー〟って呼んでほしいみたいじゃないですかー。

そもそも、なぜその呼び名を選択肢に入れてしまったのだろう。

――〝リリー〟の名前は、お姉ちゃんの墓前に置いてきたはずなのに……。

たったひとりだけ生き残ってしまったアスモデウスは、同胞の核石を取り戻すためにいかなる非道も是とした。だから、リリーという名前は姉の亡骸と共に葬ったのだ。

そんなアスモデウスをどう見たのか、執事は苦笑交じりに言う。

「ならばリリーよ」

「……なんですか」

「フォルと仲良くしてやってくれ。あれは我が友の忘れ形見なのだ」

なるほど、とアスモデウスも腑に落ちた。この老人はザガン以上にフォルへと肩入れしているように思えたが、これが理由だったらしい。

この老人らしい言葉に、アスモデウスも笑う。

「はいはい。仲良くしてあげますよ。気が向いたら、ですけどね」

それから、ふと老人の言葉が気に掛(か)かる。

「そういえば、あなたの娘さんってどんな子なんですか？」

「……黒花という。ケット・シーの娘だ」

その答えに、アスモデウスは目を丸くする。

「相変わらず、ザガンくんの周りは種族のバラバラな家族ばかりですねえ」

それを少しばかり羨(うらや)ましいと感じている自分には気付かぬふりをして、アスモデウスは最後の紅茶を飲み干す。

「このお面のお礼に、その子になにかあったら守ってあげますよ。気が向いたら、ですけどね」

言葉の返事は待たず、アスモデウスはその場から姿を消していた。

自分らしくもない言葉が、恥(は)ずかしく感じたのかもしれない。

ひとり残された執事は、ゆるりと紅茶を揺らす。

「月が綺麗ですね……か」

誰を想うのか、そんな言葉が風に流れて、誰の耳にも届かず消えていった。

「――ぱう！　今宵の素晴らしきお客様は揃ったようでございますな」

恍惚として、グラシャラボラスは唱える。

「嗚呼、なんと錚々たる顔ぶれか！」

踊るように、歌うように、グラシャラボラスは続ける。

「もっとも古き〈魔王〉のひとり《傀儡公》フォルネウス。あの《剣神》アンドレアルフスを下した二代目《虎の王》と、リュカオーン最強の剣侍黒花・アーデルハイド。元魔王候補が一角《雷甲》のフルフルに、末席とはいえ聖剣所持者ミーカ・サラヴァーラ」

一人ひとりでも心躍る強敵たちだと言うのに、その全員を一度に相手取るとなればどれほど血湧き肉躍る戦いができるだろう。

あるいは、ここがグラシャラボラスの終着点なのかもしれない。六百年に渡りあらゆる殺人に酔いしれてきた己の〝死〟ともなれば、どれほどの恍惚を覚えられるだろう。

「だが！　嗚呼、だがしかし、死は誰にも平等に、そして不平等に訪れるのでございます」

快哉を叫ぶグラシャラボラスに、その場に集った者たちの行動は速やかだった。

猫獣人の少女は抜剣し、《虎の王》はフォルネウスを庇うように前に出る。侍女姿の少女と聖騎士らしき少年は突然の状況に硬直しているが、フォルネウスは魔術を使おうとしたのか口を開く。

だが、全ては遅すぎた。

「――〈夜帷〉――」

世界が止まる。

一足でグラシャラボラスの間合いに踏み込んでいた勇敢なる剣侍の少女は、抜いた短剣を薄皮に乗せるところにまで迫っていながらそこで止まってしまう。

それを守るべく、なにかしらの動きを見せていた《虎の王》は、その魔術を発動させることなく立ち止まっている。

なにかを唱えようとした《傀儡公》の口からそのひと言が発せられることもなく、侍女の少女が行動を起こすこともなく、若き聖騎士長が聖剣を抜くこともない。

いずれもグラシャラボラスを打倒しうる可能性を持ちながら、その力を振るうことも許

されず無防備に止まってしまっていた。

カウンターの向こうでは、店主がジョッキに麦酒を注ごうと酒樽の蛇口を捻ったまま動かなくなっている。勢いよく注がれる黄金色の液体が活きの良い泡を弾けさせるが、それがあふれ出してズボンと床を濡らしても店主がその事実を認識することはできない。

生ある者の体感時間を止めるのが、〈夜帷〉という魔術である。

この魔術の真に恐るべき点は効果時間に制限がないことである。グラシャラボラスが解くか、さもなくば自力で破らない限りは永遠に止まったままだ。三日もあれば、なにもせずとも衰弱死することだろう。

だが、裏返せば自力で破ることができるということでもある。

先日手合わせをした〈魔王〉ザガンに至っては、ほんの一秒の半分程度しか止めることができなかった。だから《剣神》の名はグラシャラボラスではなくアンドレアルフスのものなのだ。

ここにいる者たちも、決してザガンに大きく劣るものではない。止められるのはせいぜい一秒か二秒、いや彼と同じく一瞬と考えて然るべきだろう。

ただ、悲しいかな一瞬という時間があってグラシャラボラスに斬れないものはない。

ザガンはその高度な魔術防御力と、予知能力めいた先読みを併せ持っていたからこそグラシャラボラスに土を付けることができた。どちらか片方だけだったなら、彼はあの場で胴から首を失っていたことだろう。

「強者とのギリギリの命のやりとりを制した死は美しい。無上の達成感と悦楽が五臓六腑に染み渡る。だが、それができたはずの強者が理不尽に命を奪われる死もまた、冒瀆と背徳に彩られた甘美な美酒でございます」

グラシャラボラスは、自らが摘み取る全ての死を愛する。

ここにある五つの命は、グラシャラボラスの六百年の人生の中でも極上の一品だった。

どれから摘み取ろう。

神速にて踏み込んできたこの剣侍の少女はどうだろう。

いや、恐怖の顔で固まっている聖騎士も捨てがたい。

《虎の王》の名を継ぐ青年はどんな味がするだろう。

表情のない《雷甲》はいかなる死に顔を魅せてくれるのか。

いやいや、まずは本来の標的からいただくのが作法というものだろう。

身もだえするほどに悩ましい問題だが、しかし標的である《傀儡公》に狙いを定めたときだった。

「――――」

だが、グラシャラボラスは踏み込めなかった。

頬にひと筋の汗が伝う。

——なんと芳醇な殺気！　薄氷の上でダンスでも踊っている気分でございます。

踏み込めば、殺されるのは自分だろう。

そう確信させるなにかが、すぐ目の前にある。

さすがは〈魔王〉とそれに次ぐ実力者たちだ。この〈夜帷〉に対して、なにかしらの対処を実行してきたのだ。

老紳士の顔に、邪悪な笑みが浮かぶ。

——ならば是非ともお受けしましょうぞ！

これほど熱烈な歓待を受けて、どうして引き下がれよう。

そうして前に踏み出そうとするグラシャラボラスだが、それよりも早く動いた者がいた。

「ご主人さまに危害を加えるするは、敵対者と見做します」

「——ほう！」

なんとしたことか、侍女姿の少女が〈夜帷〉の中で飛びかかってきていた。

──一瞬で〈夜帷〉を破った……いや、そもそも効いていなかった？

そうとしか考えられない反応速度だった。

手甲でも嵌めていたのか、両腕前腕から二本の刃が突き出している。剣侍の少女ほどではないにしろ、その刃は抜かずに止められるものではなかった。

「──ッ」

《雷甲》が目を見開いた。

それもそのはず。その刃はグラシャラボラスへと迫っていながら、見えない壁に遮られたかのように止まっていた。

その中心にあるのは、一本の杖である。

グラシャラボラスは二本の刃が重なる一点を見抜いて、それを杖の先端で止めたのだ。

「素晴らしき哉《雷甲》！　お嬢さん、その年でこの太刀筋とは、なかなか見込みがありますぞ」

魔術師でありながら剣の筋もよいとは、かつての〝剣聖〟として期待を寄せずにはいられない。

ただ、グラシャラボラスと剣を交えるには、あまりに未熟だった。

そう告げようとすると、《雷甲》が小さく囁いた。

「――〈雷電〉――」

パリッと《雷甲》の体から電光が迸った。

「むうっ！」

同時に、少女の細腕からは想像もつかぬ力で杖が押し戻され始める。踵が木板の床を滑り、じりじりと後退させられる。

「なんたる剛力。力で技をこじ開けようというのですか！」

《雷甲》の名を持つフルフルが雷の魔術を使うのは必然だろう。

ただ、グラシャラボラスが知る〈雷電〉という魔術は、真空を媒体に魔力で雷を紡ぐというものである。ザガンも好んで使う魔術のひとつで、術者の力量次第で天災にも匹敵する威力を生むという。

こんな剛力を生む魔術ではなかったはずなのだが……。

ただ、力だけで押し切られるほどグラシャラボラスは易しい相手ではなかった。

自分の首へと迫る刃に対して、フッと杖を引く。

「――あ」

渾身の力を込めていた《雷甲》はまともにつんのめって空振りする。刃の先にあるはずの首は、すでに刃を掻い潜って少女のふところへと踏み込んでいた。

「――〈剣鬼之焔〉――」

グラシャラボラスの杖は魔力を増幅する媒体である。その杖に魔力をまとわせれば、いかなるものも斬り裂く魔剣と化す。犬頭の杖は、瞬時に禍々しい刀身を持つ大剣へと変貌していた。

容赦なく少女の胴へと杖を一閃する。

「まずはおひとり――」

「――吠えろ〈ハニエル〉！」

空間が軋んだ。

胴を両断するはずの刃が砕かれ、ただの棒切れへと変えられてしまう。

断ち切られなかったとはいえ、〈魔王〉の一撃である。吹き飛ばされた《雷甲》は壁に叩き付けられ、その壁すらも破って向こう側へと消える。

「ぐう――ッ」

――奇妙な手応え。

鎧を叩いたかのような感触だった。ヒラヒラしたエプロンの下に装甲でも着込んでいたといったところか。死には至っていない。

――とはいえ、戦闘不能でございましょうな。

当分、立ち上がることはできないだろう。

それから横槍を入れてきた方を見遣れば、聖騎士長の少年が抜剣していた。一歩遅れて術を破ったといったところか。

ただ、その聖剣の力は目に見えぬものだった。

目には見えないが、刀身が灰色に輝いている。

「うわっ、なんだなんだ?」

カウンターの向こうから店主の困惑声が響く。

――ほう、〈夜帷〉が散らされましたか。

見えなかったが、聖剣の浄化の力は発動していたらしい。

グラシャラボラスは距離を取るように後ろへ跳躍する。

「ほう、さすがに簡単には取らせていただけませんか。実に素晴らしい」

惜しみない賛美を贈ると、肩を竦めたのは《虎の王》だった。

「あんたも簡単には取らせちゃくれねえみたいだな。踏み込んでくれてりゃあ、終わりだったのによ」

その言葉から、〈夜帷〉の中で感じた痛烈な殺気の主がこの男であることがわかった。

だが、グラシャラボラスが注意を向けたのはこの場でもっとも非力だろう聖騎士長の少年だった。

——やはり、警戒すべきは少年でございましたな。

自覚的なのか無自覚なのかはわからないが、あれは恐らくグラシャラボラスの天敵である。天才と言ってもいい。

この場を生き抜き、何年か経験を積めば今度こそ斬られるかもしれない。

——嗚呼、なんと魅力的な才能か。

それゆえに、この場でそれを摘み取るという誘惑に抗いきれない。

少年を注視していると、ガラガラと物音が響く。

「なんと……」

目を向けると、まともに胴薙ぎを受けた《雷甲》が立ち上がっていた。

さすがに無傷とはいかなかったようで、愛らしい侍女服はあちこちが破れ、腕の刃も一方が折れてしまっている。

そうして破れた衣服の下から見えたのは、生きた人間の皮膚ではなかった。

「人形……?」

そうつぶやいたのは誰だろう。

強打されたはずの胴に広がっていたのは、青あざではなく微細な亀裂。その胴も上下で三つに分割されてつなぎ目が顕わになっていた。

「ふむ……?」

グラシャラボラスは首を傾げる。

――わたくしめの〈夜帷〉の中で自分から動き、魔術まで使いましたが……。

正体はわからないが、魔術は魔力が備わっていなければ行使できない。つまり、生き物でなければ使えないはずの力である。

「お嬢さん、つかぬ事をお伺いしますが、貴女さまは生き物なのか、それともただのモノなのか、どちらでございましょう?」

グラシャラボラスにとっては、なによりも重大な問題である。

なぜなら、モノに死はない。ただ壊れるだけだ。ナベリウスあたりならともかく、グラシャラボラスはそんなガラクタを愛することはできない。

じっと答えを待っていると、フルフルは怪訝そうに首を傾けてこう返す。

「質問、意味、理解不能です。私はご主人さまのために存在し、ご主人さまを守るために生きています」

「……ふむ」

命とはなんだろう。

生きるとはなんだろう。

――それは、意志でございます。

意志があるから、人は死の瞬間に感情を発露させ、大きく瞬くのだ。

であれば……。

「――ならば善し！」

グラシャラボラスが愛し、殺すに値する相手である。

そうして続きを始めようと、今度は〈呪刀〉に手をかけたときだった。

トサッと、後ろでなにかが倒れる音が聞こえた。

「……ッ、黒花！」

《虎の王》が初めて緊迫した声をもらす。

恐るべき〈魔王〉たちを視界の隅に捉えつつ、グラシャラボラスも音の方を見てみると猫獣人の少女が崩れ落ちていた。

「……はて？」

グラシャラボラスは手をかけなかった。というよりは、そんな隙はなかったのだ。自分以外の誰かが攻撃を仕掛けた様子もなかったのだが……。

何事かと思考を巡らせ始めたところで、今度は《傀儡公》が動いた。

パカンと、《傀儡公》が大きく口を開いた。

『――〈失せろ〉〈グラシャラボラス〉――』

直後、強烈な圧力がグラシャラボラスの身を襲った。

「ぬうぅっ？」

――なんだこれはっ？

風でも衝撃でもない。なにか巨大な〝力場〟のようなものに呑まれたような感覚である。

踏みとどまることも叶わず、グラシャラボラスは店の外へと、さらに遠くへと吹き飛ばされていく。

「ふん！」

反応が一瞬遅れたものの、いつまでもされるがままを許す理由はない。

グラシャラボラスは杖ではなく、〈呪刀〉を抜いて一閃する。

纏わり付いていた〝力場〟はひとたまりもなく霧散した。

「いやはや、貴殿が〝言葉〟を発するのは初めて見ましたぞ、フォルネウス公」

思わず身震いをする。

「嗚呼、なんと素晴らしき哉！　このわたくしめが標的を前に、ただのひとりも殺せないとは！」

彼らはどんな死で彩られるのだろう。

あるいはどんな死を与えるのだろう。

考えるだけで身震いがする。最高の標的である。

グラシャラボラスは自重するように頭を振る。

「いけませんな。夜はまだ始まったばかりでございます。お互い、ゆるりと楽しみましょうぞ」

悪夢のような〈魔王〉は、不気味な囁きを残して夜闇に消えていくのだった。

◇

「う、ぁ……」

目玉に指でも突っ込んで頭の中をぐちゃぐちゃにかき回されたかのような、ひどい頭痛がした。目の前もグニャグニャに歪(ゆが)んでいて、どうにも焦点(しょうてん)が定まっていないらしいことを自覚する。

自分はいま座(すわ)っているのだろうか。倒れているのだろうか。少なくとも立つことはできないだろう。

ただ、頭の後ろだけが妙にあたたかくて、やわらかいものに支えられているような気がした。

「――目が覚めたか、クロスケ？」

聞き慣れた声が頭の上から聞こえる。

「気分はどうだ？」

「……先週、二日酔(ふつかよ)いで寝込(ねこ)んだときが絶好調に思えるくらいには最悪です」

リュカオーンでのことだ。

せっかくシャックスと新婚(しんこん)旅行さながら、ふたりきりで温泉旅行に行っていたというのに、初日に正体をなくした結果、二日目は丸一日布団の中でうなる羽目になった。

酒の飲み方を教えてくれると言ったシャックスは、そういうのを経験して飲み方を覚えるものだと笑っていた。からかわれた気がして、少し根に持っている。

声の主はどこか緊張した様子で、次の言葉を投げかける。

「俺のことはわかるか？」

「……え、シャックスさん、ですよね？」

まだ焦点が合わないが、この声を聞き間違えるはずもない。そう答えると、声の主はどこかほっとしたような息をもらす。

「目は、見えるか？」

「……まだ、ぼやけてて、よく見えない、です」

すぐ目の前にいるはずの、シャックスの顔さえわからない。

「…………………」

シャックスは、すぐにはなにも言わなかった。

それでも、黒花を安心させるように言葉を絞り出す。

「わかった。まだ休んでろ」

「……はい」

シャックスは、そっと黒花の目を手で覆った。そうしてもらうと、真っ暗なのに不思議と安心できた。

――シャックスさん、優しいな……。

最近は特にそう思う。大切にしてもらってるのが伝わってきて、ずっと甘えてしまいそうになる。

なにがあったのだろう。自分は怪我でもしたのだろうか。

ようやくその辺りを考える余裕ができて、黒花はふと気付く。

――あれ？　もしかしてあたし、シャックスさんに膝枕されてるのでは……？

シャックスの手や声の方向を考えるに、恐らくそういうことなのだろう。

――え、なんで？？？

黒花の脳内は困惑に埋め尽くされる。

いままでおんぶされたり頭を撫でられたことはあったが、膝枕なんてしてもらったことはない。

男の人の太ももというのは、がっしりしているように見えて存外にやわらかく、それでいて支えてもらっているという安心感がある。あったかいし、なによりシャックスのにおいが強く感じられるのだ。

下手をすると抱きしめられたときよりも身近に感じるのではないか。

そのまま睡魔に呑まれかねない心地よさに気が遠くなりながら、黒花はなにがあったのか思い出そうとする。

——そうです。確か、グラシャラボラスとかいうおじいさんが現れて……。

それはザガンから現状もっとも警戒すべき〈魔王〉として聞かされていた名だった。

当然、黒花はシャックスとその他を守るため、真っ先に斬り込んだ。ひと太刀分の時間を稼げれば、必ずシャックスがなんとかしてくれるとわかっていたから。

ただ、そこから、記憶がない。

「……あたし、返り討ちに遭ったんですか？」

「そういうわけじゃないんだがな……」

歯切れの悪い返事に、黒花は眉をひそめる。こういうときに馴れ合うほど、シャックスは愚かではない。負けたのならどう負けたのか教えてくれる。そうして、次への対策を考えるのだ。

シャックスは難しそうな声音でつぶやく。

「襲撃者はグラシャラボラスだった。クロスケは真っ先に斬り込んだが、〈夜帷〉って魔術に搦め捕られたんだ」

そこまでは予想通りというか、予定通りである。

つまり、そのあと予定外のことがあったのだ。

「〝あれ〟を見破られたんですか？」

「いや、その前にフルフルと聖騎士の坊主が応戦してな」

フルフルというのは、あの侍女の少女だ。フォルネウスの従者としてこの街に連れてこられたのだろう。聖騎士の少年の方は、まだ名前を聞いていない。

「坊主の聖剣は、どうにも音を操るらしい。そいつで〈夜帷〉を破ったんだが、そいつがマズかった」

「というと？」

〈魔王〉の魔術を破ったのだ。賞賛されて然るべきだと思うが……。

「グラシャラボラスの〈夜帷〉は脳に干渉して、意識に空白を生む魔術だ。坊主に防げたということは、あっちも音が媒体だったのかもしれないな。だが、そいつを他の〝音〟で強引に破るってのは、よくなかった」

「……ああ、なるほど」

黒花にも、シャックスの言わんとするところがわかった気がした。

「古傷を、抉られる形になったわけですか……」

シャックスは、唸るように肯定した。

「そういうことに、なる」

黒花はかつて目の光を失っていた。相手の自我を破壊する禁呪〈纏視〉を防ぎきれなかったためだ。視神経を焼き切られ、その損傷は脳にまで達していたという。

その後、紆余曲折あってネフィの治療で再び見えるようになったのだが、傷跡までは消せなかったのだろう。

「ごめんなさい、シャックスさん。足引っ張っちゃって……」

相手は〝剣聖〟の称号を持つ元聖騎士である。剣の勝負なら黒花が一番前に立って戦うべきなのに、真っ先に負けてしまったのだ。

「お前は俺の指示通りにやった。責任があるのは俺だ」

「シャックスさんにも責任はないですよ。想定できなかったのは、あたしたちふたりの落ち度です。……シャックスさん、すぐ抱え込んじゃうんですから」

黒花の故郷が焼かれたことで、実に五年も後悔に囚われ続けていたのだ。もう、そんな姿は見たくない。

そんなことを話しているうちに、少しは回復したらしい。シャックスが回復魔術をかけてくれたのだろう。

「シャックスさん、もう大丈夫です」

背中を支えてもらって、なんとか身を起こす。ぼんやりとしていた視界も、少しは見えるようになっていた。

そこはまだ酒場のようだ。店が用意してくれたのか、毛布を敷いてもらっている。そのすぐ隣の席では、侍女姿の少女がフォルネウスから手当てをしてもらっていた。

そこからさらに少し離れて、聖騎士の少年が膝を抱えてうずくまっている。実戦経験が薄そうな少年である。〈魔王〉相手は衝撃も大きかったのだろう。いまはそうっとしておいた方がよさそうだ。

フォルネウスとフルフルに視線を戻して、黒花は思わず声を上げることになる。

「え、人形……？」

破れた衣服の隙間から見えるのは、人の肌ではなかった。

グラシャラボラスと正面から斬り合ったという話だ。胴はいまにも砕けそうな亀裂に蝕まれ、腕も砕けて手首から先が取れてしまっている。その断面は空っぽで、肉も骨も詰まってはいなかった。

そこから一本の紐が延びていて、その先に取れた手首がぶら下がっている。腕と手首のつなぎ目には、小さな球体が嵌まっていた。

――球体関節人形……？

大陸には、美術品としてそういう人形があるのだ。黒花も暗部時代に、標的がコレクションしていたのを見たことがある。

そんな人形が、わずかながらも表情を作っている事実に驚きを隠せない。

黒花の声に気付いて、フルフルがぺこりと頭を下げる。キシッと生き物ではない体が小さく軋んだ。

「お名前、名乗る、してませんでした？」

そう言って、少女は抑揚のない声でこう名乗る。

「――人造魂魄搭載型雷電駆動式装甲人形――《雷甲》フルフル言う、します」

なんとも聞き慣れない単語の羅列に、シャックスが眉を撥ね上げる。

「人形……いや、〈雷電〉だって？　もしかしてあんた、魔術で動いてるのかい？」

「はい。主な駆動力は魔術が生み出す雷です」

そんな技術があるのかと黒花は驚かされるが、シャックスはさらに怪訝な顔をした。

「おいおい、ちょっと待ってくれ。魔術で動いてるってわりには、あんたは魔術を使ったように見えたぜ？」

「人間は、食事、自分で作るします。私も、食事、自分で作るします。おかしいです？」

「いや、それはおかしかないんだが……」

シャックスは言葉に詰まるが、彼の言いたいことは黒花にもなんとなくわかった。

――ただのモノには魔術は使えない。

合成生物や死霊が魔術を使うことはある。元になった材料が魔術を使えたなら、それを引き継げる場合があるからだ。

しかし、人造生命が魔術を使うことはできない。彼らは魔術で動いているだけで、生命ではないからだ。

フルフルは自らを人形だと名乗った。それは概念としてはゴーレムと同種のはずだ。

その疑問に答えたのは、フォルネウスだった。

「――『肖像画には宿命的ななにかがある。それ自身に生命があるのだ』――」

黒花とシャックスは顔を見合わせる。

「ええっと、彼女は生命がある……というようなことでしょうか？」

フォルネウスは答えなかったが、否定もしなかった。

——構造的には人形でしかないんですけど……。

どういう意味かと困惑していると、シャックスがハッとしたような声を上げた。

「——人造魂魄——あんた、まさか魂の創造に成功したってのか？」


その言葉に、黒花は首を傾げる。

「人造人間みたいな生命とは違って、魂魄って人工的に造ることは不可能って話じゃありませんでしたっけ」

そのホムンクルスになぜ自我が芽生えるのか——つまり魂が宿るのか、その理由もわかっていない。何十、何百と造るうちに、どういうわけか希に生まれることがあるのだ。

一説では材料——人間や動物を使う場合があるらしい——の中に残っていた魂魄が宿っているのではないかとも言われている。

魂魄というものは、自己の証明なのだという。たとえ記憶を失ったとしても、体を別のなにかにされたとしても、自分が自分であることの記録のようなものだ。

シャックスもうなずく。

「錬金術はホムンクルスを代表とする生命の創造に成功したが、魂魄の創造は果たされていない。そもそも、観測する術が確立されてないからだ」

「え？　ゴーストなんかは目に見えるじゃないですか」

力の弱いゴーストは見えないこともあるらしいが、害をなすレベルになると大抵は見える。その体も実体を持たないが、なにかしら加護のある武具や魔術を使えば倒すことができる。捕縛することだってできると聞いた。

なのだが、これもシャックスは首を横に振る。

「ゴーストってのは実体を持たないエネルギー体だ。教会が霊力って呼んでいるものらしいな。だが、こいつがなぜ意志を持つように振る舞うのか、本当に死んだ人間の意志なのかもわかってないんだよ」

「じゃあ、もしかしてゴーストが本当に魂魄を持ってるかも、わかってないってことですか？」

「そういうことだ」

魔術師として苦々しく思うところもあるのだろう。シャックスはうめくように言う。

「唯一わかってるのは、魂魄と定義されたそれには二十一グラムって重さがあるってことくらいか。いくら未知でも質量を持つ物質だってことに変わりはないから、ホムンクルスの魂魄の移植なんかはその質量を術式で括（くく）って入れ替（か）えるらしい」

つまり、よくわからないものをよくわからないまま運用しているということだ。

後遺症（こういしょう）とは無関係に頭が痛くなってきた。

「正真正銘（しょうしんしょうめい）の禁忌（きんき）に触（ふ）れたわけですか。よく無事でいられましたね」

魂魄の創造など、正しく神の御業（みわざ）である。世界の在りようさえ歪めかねない所業は、〈魔王（まおう）〉と言えど人の手には余る代物（しろもの）だろう。

その言葉に、シャックスは首を横に振る。

「いや、許されなかったんだろう」

シャックスは、真（ま）っ直（す）ぐフォルネウスを見据（みす）えていた。

一歩遅れて、黒花もその意味がわかった。

――だから《傀儡公》フォルネウスは、自らの意志を人に伝える術を奪（うば）われた。

魂魄の創造――それは真の意味で無から生命を創造し、神の領域に踏み入ったということである。

だから、呪（のろ）いを被（こうむ）った。

いまの彼の状態こそが、魂魄の創造に成功したなによりの証なのだ。

この〈魔王〉が《傀儡公》であるのも、そこに起因しているのかもしれない。

ホムンクルスに魂魄が宿るのは、素材となった者の魂魄だという話がある。この疑惑を正とするなら、材料に生物は使えない。全て人工物である必要がある。いまある錬金術の基礎を築いてから、フォルネウスは何百年とその課題に取り組んでいたのだろう。

《傀儡公》が《傀儡公》たる集大成が、この《雷甲》のフルフルなのだ。

恐るべき、そして忌まわしき偉業に、コクリと喉が鳴る。気が付いたら、緊張のせいか口の中がカラカラに乾いていた。

そんな黒花の肩を抱いて、シャックスが口を開く。

「だが、考えようによっては運がいいぜ。それが事実なら、この人こそザガンが欲している力の持ち主だってことになる」

「……確かに」

〈魔王〉ザガンは聖剣の破壊を目論んでいる。正確には、聖剣の中に千年間閉じ込められている天使の解放である。

そのためには、魂魄に干渉する技術が必要なのだ。

と、そこで黒花はグラシャラボラスの襲撃を思い出す。

「……ということは、マルコシアスにとってその力は邪魔だということでしょうか？」

「恐らくな。単純に〈魔王の刻印〉の方が狙いってこともあるかもしれないが」

もうひと月も前になるが、現在〝禁断の恋〟で世間を騒がせているバルバロスはマルコシアス陣営から勧誘を受けた。そこで提示されたのが〈魔王〉の椅子だったという。

フォルネウスを殺して、バルバロスを後釜に据えるつもりだった可能性は高い。

シャックスが、意を決したように口を開く。

「フォルネウス。改めて申し入れるぜ。我が主〈魔王〉ザガンはあんたの知識と力を欲している。どうか、俺たちといっしょに来てはくれないか？」

その申し出に、フォルネウスは厳かにこう答えた。

「――『私が共にゆこう。どの道、馬車に乗り遅れたようだ。それは問題ではない。明日でもいいのだから。だが、今夜はなにも読ませないでくれ』――」

「「…………」」

また謎かけのような台詞が返ってきて、黒花とシャックスは閉口した。

――これって肯定なんでしょうか。否定なんでしょうか。

ふたり揃って苦虫をかみ潰したような顔をしていると、フルフルが主の顔を覗き込んでこう言った。

「ご主人さま、了解？　恐らく、たぶん、了承してます」

「あ、そうなの？」

「ただ、疲れた様子？　主張するしたと思われます」

　まあ、グラシャラボラスの襲撃に加え、フルフルの修復までしているのだ。いま動くのは難しいといったところか。

　シャックスが肩を竦める。

「ま、これで俺たちのやることは決まったな」

「はい」

　フォルネウスとフルフルを守り、ザガンの下まで連れ帰る。

　これが最優先事項である。

　最後に、聖騎士の少年へと目を向ける。

「あなたは、どうしますか？」

　話しかけられると思っていなかったのか、少年はビクリと身を震わせた。

「お、俺は……」

　彼はまだ聖騎士長になったばかりだという。〈魔王〉と戦って、すぐにまた立ち上がれというのも酷な話かもしれない。

そんな少年に、フルフルがキイッと体を軋ませ立ち上がる。

どうやら修復は終わったようで、破れた衣装も元に戻っていた。

フルフルは少年の前に進むと、そっとしゃがんでその手を握った。

「私はあなたに助けてもらう、するしました。たぶん、感謝、嬉しかったしました。だから、今度は私があなたを助ける、するします」

その姿は、黒花の目には人間にしか見えなかった。

きっと、視界がぼやけているせいではないと思う。

「キミ……」

少年はようやく顔を上げ、フルフルに涙ぐんだ瞳を向ける。

そうしてなにかを答えようと、口を開いたときだった。

『――それでは紳士淑女の皆さま、第二幕の開始と参りましょう――〈魔都〉』

禍々しくも高らかな宣言に、古都アリストクラテスが砕けた。

「ネフィよ、少し出てくる」

魔王殿にて、ザガンはネフィの寝室の扉を叩くと、手短にそう告げた。

「こんなお時間に、なにかあったのですか？」

時刻は深夜に差し掛かろうかというころである。ネフィも就寝の支度を始めていたようで、寝衣姿で肩にはタオルをかけている。まだ白い髪の先からぽたりと滴がこぼれて、タオルに染みを残す。

――くっ、湯上がりのネフィ、可愛い上に色っぽいだとっ？

思えばこの時間に顔を合わせるとしても、ネフィは髪くらい乾かしてから出てくる。湯上がりで濡れた髪というのは見る機会が少なく、新鮮だった。

不意打ちの胸の高鳴りに思わずネフィの顔を直視できなくなるが、いまは非常事態なのだ。魔術を駆使して平静を取り繕う。

「シャックスからの連絡が途絶えた。なにかあったらしい」

あいまいな物言いをしたが、彼らがグラシャラボラスから襲撃を受けたところまでは定時連絡で聞いている。

——古傷とは……つくづく、黒花の不運は凄まじいな。

幸運を呼ぶケット・シーという種族の黒花だが、普段はその反動のように不幸を被る体質である。シャスティルのようなポンコツとはわけが違い、運命レベルで不幸が確定されているのだ。

不幸というものは、どれほど気を張っていても予期せぬところから現れるものだ。

それが今回は特によくない現れ方をしてしまったらしい。

こうなると万が一も考えなければならない。だから、こんな時間ではあるが半刻ごとに連絡を取らせるようにしたのだ。なにか連絡の取れない事態に陥っているらしい。

ネフィが沈痛そうに胸を押さえる。

「黒花さん、せっかくの新婚旅行でしたのに……」

「新婚旅行だったのっ？」

「え？」

「え？」

沈黙。

ザガンは己の認識の甘さを思い知った。

——義父にも認められて里帰りしてからの旅行って、それ確かに新婚旅行だ！

なんということだろう。明らかに自分よりあとにくっついたふたりに、己は後れを取っていたのだ。

いや、ザガンとネフィも一応新婚旅行というか婚前旅行的なおでかけはしたことがあるのだが、せいぜい二泊三日の旅行だった。

丸一か月ものバカンスになど、連れていってあげたことがなかった。

——なんたる怠慢。結婚指輪だってまだ渡せていないというのに！

暗愚と誹られてもなんの文句も言えまい。

「ネフィ！」

「は、はい！」

がしっとネフィの手を握り、ザガンは〈魔王〉の威厳を込めてこう言った。

「帰ったら、一か月くらい旅行に行こう！」

いまから死にに行きそうな台詞を平然と吐くザガンに、ネフィは苦笑を返す。

「ザガンさま、リリーさんとのお約束もありますし、一か月の旅行は難しいかと思いますよ？」

「う、ぐぬう……っ！」

心底悔しがるザガンに、ネフィはそっと両手でその頰を包み込むように触れる。

それから、コツンと額をこすり付けて微笑んだ。

——ほあああああああっ？

不意打ちで襲いかかった幸福感に、ザガンの脳はまったく処理が追いつかなくなる。

「焦らなくて大丈夫ですよ、ザガンさま。旅行は落ち着いたらゆっくり行きましょう？　その、ふたりで」

尖った耳の先をほのかに赤らめ、はにかむように微笑むネフィに、なんだか救われたような気持ちになった。

「ネフィには慰めてもらってばかりだな」

「そんな……。わたしこそ、いつも励ましていただいてばかりで」

ネフィを真っ直ぐ見つめて、ザガンは言う。

「さっさと邪魔者を始末してくる」

「お、お手柔らかにしてあげてくださいまし」

だが、ザガンはなにも浮かれているだけではなかった。

――配下も守れん男を、王とは呼ばん。

ゴメリのときは――結果的にあのおばあちゃんの方が何枚も上手で引っかき回していたが――彼女を守れなかったがゆえにキメリエスを敵に回すことにまでなった。

そんな失態は、二度とあってはならない。

だから、他の誰かではなく、ザガンが行かねばならないのだ。

「どの道、シャックスにはこれから働いてもらわねばならんからな。呼び戻す手間が省けるというものだ」

「はい。いってらっしゃいまし、ザガンさま」

マントを翻し、ザガンはネフィの寝室を後にする。

その背中が見えなくなって……ネフィがとうとつに顔を覆ってうずくまった。

「ほわぁぁぁぁ……」

いまごろになって恥ずかしくなったらしい。

ネフィが立ち上がるまで、結構な時間が必要だった。

そんなことを知る由もなく、ザガンはその先でうめくことになる。

「アリストクラテスへ転移できん……だと？」

シャックスに用意させたはずの転移魔法陣が、機能していなかった。

「そもそもの話、呪いとはいかなるものなのですかしら……？」

魔王殿客室にて、アルシエラは神妙な面持ちでつぶやく。

「あん？　藪から棒になんの話だ？」

その膝に我が物顔で寝転がるアスラに、アルシエラは渋面を隠せなかった。

まあ、ベッドに腰掛けたアルシエラも悪かったのだろうが、この男は断りもなく勝手に膝を枕にすると、そのままくつろぎ払ってサクランボなんぞを口に放っているのだ。

小さくため息をもらして、アルシエラは言う。

「アスラ、貴兄は呪いというものを聞いたことがありますかしら？」

「天使どもの〝まじない〟を、いまはそう呼んでるんじゃねえのか？」

アルシエラはうなずく。

「それもひとつの正解ではあるのです。マルコシアスが天使を滅ぼすには必要なことだったのでしょう」

「ははっ、あいつ性格悪いもんな」

「それに関しては同意なのですわ」

アスラが不思議そうな声を上げる。

「で、いまさらそいつがどうしたってんだ？」

「貴兄が言ったそれは、魔法とも呼ばれているのです。願うだけで奇跡を起こす力なのですわ。それが呪いなのですかしら？」

「マルコシアスがそういうふうにこじつけたんだろう？　それじゃダメなのか？」

アルシエラは、慎重に言葉を選ぶように口を開いた。

「では、なぜ〝ソロモン〟は呪われたのです？」

初代銀眼の王ソロモンは、呪いによってこの世界から一切の記録も残さず消し去られてしまった。

魔法が呪いだというなら、祈るだけでネフィにもそんなことができるというのか。

――魔法はあくまで自然の力を借りるもの。そんなふうに作用するとは思えませんわ。

神霊魔法とて、そこまで途方もない力ではなかったはずだ。

つまり、魔法と呪いは近しくとも、必ずしも同義ではない。

それでいて、この世界には確かに恐るべき呪いの数々が存在している。

ソロモンに始まり、昼と夜でお互い化け物に姿を変えられてしまうベヘモスとレヴィアタン。フォルと年齢が入れ替わったように幼くなってしまったザガン。〈王の銀眼〉によって人格どころか体まで兄の姿になっていたステラ。他者に意志を伝える術を剥奪されたフォルネウスなどもいる。

他にも枚挙にいとまがないが、これらの全てに共通して言えることが、ひとつだけある。

「人は、人の手には負えない、異常な出来事をひっくるめて〝呪い〟と呼んでいるのですわ。では、なぜいまのこの世界ではそのようなことが起きるのです？」

アスラもようやく、アルシエラの言わんとするところがわかったのだろう。大きく目を見開いた。

「……なるほど。確かに俺らの時代には、なかったもんだな」

この呪いという現象は、バラバラの事象ではあっても、根っこのところでなにか繋がりがあるように思える。

「それに、なぜマルコシアスは魔法を呪いと呼んだのですかしら。こじつけるにしても、まったく関係のないものをこじつけるようなことはしない男なのです」

「んー、魔法ってのも人の手にゃあ負えないもんだからじゃねえのか？」

「――――」

アスラは何気なく口にしたが、アルシエラはそこに返す言葉を持たなかった。

――魔法も世界の法則を歪める手段……？

だから、マルコシアスは魔法と呪いを同一のものとしたのだ。だとすると……。

――まさか、これらは〝悪夢の欠片〟……？

思い浮かんだ回答に、千年を生きる不死者は怖気立った。

「おい、アーシェ」

考えがまとまろうとしたとき、アスラが声をかけてきた。

「なんですの……って、あむっ？」

口を開いた瞬間、サクランボを放り込まれた。唇から柄がはみ出して、ひどく滑稽な姿なのを自覚する。

「そんな眉間に皺寄せてると老けるぜ？」

人が真面目に悩んでいるのに、この男はなにをやっているのだろう。文句を連ねてやりたかったが、口の中のサクランボがなくなるまで抗議もできなかった。

――というか、種が邪魔で飲み込めませんわ。

捨てに行こうにも、膝に乗ったアスラが邪魔で立ち上がれもしない。

四苦八苦していると、唇からはみ出したままの柄をアスラがつまむ。それからひょいと口から抜き取られた。

「はは、アーシェは無駄に器用だよな。柄に種ついたままだし。そういやアーシェ、これ口の中で結ぶやつできたよな？」

意識してやったわけではないが、昔からアルシエラはサクランボを食べるときはそうしてしまうのだ。

「あれできるやつはキスが上手いって、本当――ふがっ」

アルシエラは冷たい眼差しを向けて、アスラの鼻を思いっきりつまんでやった。

「不死者が老けたらお笑いぐさなのですわ」

怒りを込めてそう返すと、アスラは悪びれた様子もなく満足そうに笑う。

「そうそう、それくらい肩の力を抜けばいいんだよ。またひとりで抱え込んでる顔してたぜ？」

「…………はあ。余計なお世話なのですわ」

余計なお世話ではあるが、しかしどこか気持ちが軽くなったのは事実だった。

「まあ、成り行きとはいえ、なにもかもを人任せというのはよくないと思ったのですわ」

「魔族のことか？　それと呪いがなんか関係あんのか？」

アルシエラは、すぐには答えなかった。

「〝ソロモン〟が呪われたのは、魔族を封印したせいのはずなのですわ」

これにはアスラも目を見開いた。

「……マジか？」

「ええ。あたくしもその場に居合わせていましたもの」

もっとも、それに巻き込まれたアルシエラは、そのとき彼がなにをしたのか、どのようにして魔族を封印したのかはまるでわからなかったが。

その答えに、しかしアスラは指先でサクランボの柄をもてあそびながら訝る声を上げる。

「〝ソロモン〟が呪われたのは、〈アザゼル〉をぶった切ったからだって聞いてたぜ？」

「あら、誰から聞きましたの？」

「バトーだぜ？　あいつも、いまごろどこでなにやってんだかな」

アルシエラは目を細める。

「〝ソロモン〟が、あの方を斬ったのではないのですわ」

「じゃあ、どういう――」

その言葉を遮るように、アルシエラは人差し指を立てて唇に添えた。

「――それ以上、話してはいけないのです」

冷たくも鬼気迫る声で、そう告げる。

普段とは打って変わった警告に、アスラも鋭く目を細めた。

「……まあ、いいけどな」

それから、話を切り替えるように言う。

「なんにせよ、手がかりを思いついたんなら、あのアスモデウスってやつに教えてやればいいんじゃないのか？」

「それはそうなのですけれど……」

なんというか、少し苦手なのである。

――人の話を聞きませんし、フォルと仲良しなのもやりにくいところですし。

あの幼女はこっちの事情などお構いなしに人間を拾ってくるのだ。そうして拾ってきた人間は、アルシエラも無下には扱えないというのに。

その反応に、アスラが心底呆れた顔をする。

「はー、お前そういうとこホント変わってないよなあ。強気で迫られるとすぐ涙目になるんだから」

それは図星ではあったが、人から指摘されて気分のよいものではない。

ひくひくっと、頬を引きつらせながらアルシエラはなんとか笑みを返す。

「だとすると、人の話を聞かない貴兄がトラウマになったのですわ」

「ははっ、よく言うぜ。なんだかんだ言って、いつも俺の後ろについてきてたじゃねえか」

ふたつ目の地雷を踏み抜かれて、アルシエラは涼やかな微笑を浮かべた。

「……そういえば貴兄、先ほどなにか言いかけていましたわね。サクランボの柄を口の中で結べると、キスが上手いだとか」

「ん？　ああ、言ったな」

「試してみるのです？」

「へ……？」

アスラの返事を待たず、アルシエラはそこに唇を重ねた。

「～～～～～ッ？　ッッッ？」

それはもう、舌をねじ込み、搦め捕り、ねぶってかじって思いつく限りに激しく弄んでやった。

ひと通りやり尽くすと、唇を解放してハンカチで口元を拭う。

「ご感想は？」

「しゅ、しゅごかっ、た……」

「これに懲りたら、生意気を言うのは控えるのですわ」

「……はい」

恥じらうように丸くなるアスラに、ようやくアルシエラも溜飲を下げた。

（知らなかった。アーシェのやつ、こんなえっちだったんだ……）

「…………」

結局、振り回される者は振り回される側から抜け出すことなどできないのだった。

◇

「……分断されましたか」

忌々しげに、黒花は呻いた。

酒場にいたはずの黒花は、ひとり見知らぬ夜の小道に放り出されていた。

そう、見知らぬ小道である。

遺跡を取り込むように広がっていた木組みの街は消え失せ、整然とした石造りの街並みが広がっている。地面には隙間なく石畳が敷かれ、通りの両脇には魔術の灯りを点したランタンのようなガラスの容器が掲げられていた。

どこか聖都ラジエルに似ているが、建物の造りや外見が異様なまでに統一されている。そのせいか、息苦しくて奇妙な圧迫感があった。

——それでは紳士淑女の皆さま、第二幕の開始と参りましょう——

あの宣言によって、古都アリストクラテスは別の〝なにか〟へと作り替えられてしまったのだ。

——街ごと作り替える魔術……いや、結界ですか？

シャックスや他の者たちはどうなったのだろう。

店にはあまり客はいなかったが、表の通りには相当数の通行人が行き交っていた。彼らの姿はどこにも見当たらない。

見当たらないのだが……。

――おかしい。姿は見えないのに、気配はある。

ここかしこから息づかいや鼓動のようなものを感じられるのに、誰もいないのだ。目の光を失った数か月前の黒花なら、右と左どころか天地さえも認識できなくなっていたかもしれない。

――空間がズレている？　いや、物理的に街が砕けるのを確かに見ました。

バルバロスのような亜空間に引きずり込まれたなら、こういうふうにはならないはずだ。

であれば、なにが起きているのか。

だが、悠長に考察していられるほど、黒花に余裕はなかった。

シャックスに手当てをしてもらったとはいえ〈夜帷〉の後遺症は根深く、杖を支えにようやく立っている状態だ。

泣き言をこぼすつもりはないが、とうてい〈魔王〉相手に戦える体ではない。

ズキンと、眼球の奥に痛みが走る。

――マズい……。目が……。

まだ視力は残っているが、視界に明らかな異常が発生していた。

景色の中に残像のようなものが重なって見えるのだ。それは人影のようでもあり、意味を成さないわだかまりや螺旋のようでもある。

ただ、青白く輝く光のようなものが、建物に沿うように浮かんでいる。この中に敵が紛れていたら、とうてい見分けがつかないだろう。

右目と左目で別々の景色を見ているような感覚で、気持ちが悪い。吐き気がこみ上げてくるくらいだ。

「とにかく、みんなを捜さないと……」

自分だけが閉じ込められたとは思えない。シャックスたちも、この街のどこかにいるはずだ。

そうして一歩足を踏み出そうとして、ふと手をついた壁を見遣る。

そこに、人影のような靄が見えた気がした。

――剣を、握ってる……?

殺気も気配も感じられない。そこになにもいないことは明白である。

でも、それが自分に向かって剣を振るっているように見えて、黒花の体は考えるよりも先に動いていた。

「く――ッ」

地面に身を投げ出すように転がると、直前まで黒花の首があったはずの場所をヒュンと風が切った。

――風じゃない。刃物だ！

すぐさま杖を頼りに身を起こすと、刃が走った壁からヌッと老紳士の上半身が突き出した。

『ほう、これをお躱しになるか。さすがは当代最強の剣侍でございますな』

賛美の声を投げつつ、グラシャラボラスが壁から這い出してくる。その手には、刀身のない剣――恐らくあれが〈呪刀〉というものなのだろう――が握られている。

『いかがでございますかな、この街は。美しいものでしょう？』

空気を味わうように、大きく息を吸う。

『かつてこの地上を支配していた天使。彼らの街を模したものでございます』

「天使……これが？」

それがネフィのようなハイエルフたちだったことは知っているが、彼らが一千年前にどんな暮らしを送っていたのかは誰も知らない。

黒花は周囲に目を配らせながら、油断なく問い返す。

「お前の結界か」

『左様にございます――〈魔都・殺陣郷〉――ここはわたくしめの手の中でございます』

ゾッとした。

「まさか、いま気配もなにも感じなかったのは……」

『是。それがこの〈殺陣郷〉の能力でございます。いかなる達人とて、姿もなく気配もなく忍び寄る刃からは逃れる術はございません』

目の前のグラシャラボラスから、確かに気配はまったく感じられなかった。こうしてしゃべっているいまも、本当にそこにいるのか疑わしいくらいだ。

いまの一撃は凌げたが、そんな攻撃を何度も凌げるわけがない。

――それがシャックスさんや、他の人に向けられたら……。

逃れることは不可能だろう。

そこで、グラシャラボラスは困ったように両手を掲げる。

『そのはずなのですが、お嬢さん。貴女は、わたくしめを視認してからお躱しになられましたな?』

黒花は答えなかった。というより、答えられなかった。

――この、靄のようなもののことを言ってるのか……?

たまたまそんなふうに見えただけで、次も同じことができるとは思えない。

なのだが、グラシャラボラスはひとりで納得したようにうなずく。

『その目……なるほど、これが〝四代目〟ということでございますか』

「……？　なんの話だ？」

ちらりと、半ばまで抜いた短剣に自分の顔を映してみる。

そこに映っていた黒花の瞳は、赤ではなくザガンのような銀色に見えた。

――銀眼……？　なにこれ？　あたしの目の色が……。

古傷の後遺症だろうか。

いや、思い返せばシャックスも黒花の目のことをずいぶん気にしているようだった。治療の副作用を心配しているのかと思ったが、これが理由だったのかもしれない。

グラシャラボラスはなにやら思案するように口ひげを撫でると、素敵な催しでも思いついたように微笑んだ。

『ぱう！　このように心躍るのは《無貌卿》とのゲーム以来でございますな！』

《無貌卿》ビフロンス――かつて黒花もその策謀の道具として使われた過去がある。忌むべき名である。

そんなビフロンスとこのグラシャラボラスは、街ひとつをおもちゃにした実験を行ったという。その詳細は教会の暗部でも閲覧できなかったが、よほどおぞましいものだったと言われている。

《殺人卿》は上機嫌に言葉を続ける。

『お嬢さんからいただいてしまうつもりでしたが、気が変わりましたな』

そう言うと、壁から出てきて恭しく頭を垂れる。

『どうでしょうお嬢さん。わたくしめとひとつ、ゲームをいたしませんかな？』

「ゲーム、だと……？」

ふざけるなと怒鳴りたい気持ちをグッと堪え、黒花は怪訝そうに問い返す。

——会話を引き延ばさないと……。

いまの黒花に、次のひと太刀は躱せない。ならば少しでも時間を稼いで、体力を回復させるしかない。

そんな黒花の思惑をどう見たのか、グラシャラボラスは楽しげに語る。

『是。わたくしめは、これからお嬢さん以外の人間をひとりずつ殺していきます』

「なッ——」

恐ろしくおぞましい提案に、黒花の頭から血の気が引いた。

『お嬢さんはそれを阻止するのです。殺せればわたくしめの勝ち。それを止められればお嬢さんの勝ち。単純でございましょう？』

「ふざけるなっ！」

怒りとともに投げナイフを放つが、ナイフはグラシャラボラスの体を素通りして壁に突き刺さった。

――いや、そもそも壁の中から出ていない……？

最初に黒花が見た人型の靄は、依然として壁の中に浮かんで見えた。

『やはり、視えておられますな？』

その囁きを残して、靄は壁の中を移動していく。

『さあさあ、楽しいゲームの開幕にございます』

「待て、グラシャラボラス！」

二本目のナイフを投げるが、虚しく壁に弾かれるだけだった。

――なんて無様な！

いまの黒花では、投げたナイフを突き立てる力すらないらしい。

「……あいつを、追いかけないと」

こんな無様な体でも、ここでグラシャラボラスを捕捉できるのは自分だけなのだ。

重たい体を引きずって、黒花は不気味な〈魔都〉を進んでいくのだった。

◇

「ラボラスのやつ、〈魔都〉まで使ったのか」

ゴゥンゴゥンと、不気味な鳴動が続く真っ暗な場所。そこで丸メガネをかけた青年が独り言のようにつぶやいていた。

――フォルネウスにはもう戦う力などないと思っていたがな……。

それでいて、他者に助けを求めることもできないのが、いまのフォルネウスである。

となると、ザガンあたりがこちらの動きを察して何者かに守らせていたか。

「……いや、まさかな」

内通者や予言者でもいない限り、そこまでこちらの動きを読むことはできないだろう。内通者になりそうなアスモデウスには余計な情報を与えていないし、エリゴル以外の予言者は〈ネフェリム〉のイポスも含めて死亡を確認している。

ザガンにフォルネウスと接触するような動機はない。

そのはずなのだ。

それでも、ルシアの〈ネフェリム〉も身を寄せているらしいこともある。銀眼がふたりもいると、どんな不可能が可能になってもおかしくはない。

いぶかる丸メガネの青年に、隣に立つ男が声をかける。

「どうかしましたか、マルコシアス？」

異様に目が細く、年も若いようにも老いているようにも見える男だった。

マルコシアスと呼ばれた青年は首を横に振る。

「……どうにも、ラボラスが何者かに妨害を受けているらしい。禁呪まで使いやがった」

嫌悪すら込めた言葉に、男も表情を険しくする。

「禁呪とは穏やかではありませんね。どんな魔術なのですか？」

「〈魔都〉と言って、自分に都合のいい空間を作り出す魔術だ」

男は首を傾げる。

「魔術師の言う領地のようなものですか？　禁呪と呼ぶには、いささか大げさな気がしますが」

魔術師の領地では術者の守りと魔力を高め、敵対者の力を削ぐ結界が張られているものである。それは領地を持つ者として当然の力であり、禁呪と呼ぶような物騒なものではないだろう。

《殺人卿》グラシャラボラスの〈魔都〉がそんな真っ当な代物なら、青年も騒ぎはしない。

「端的に言うと、ラボラスが街そのものになる結界だ。あの中ではラボラスは不死身でどこにでも現れ、閉じ込められた者はいちじるしく力を奪われる」

〈魔王〉が〈魔王の刻印〉を全開にしてようやく紡ぐ結界である。

だが〈魔都〉が禁呪に指定されているのは、その過程が忌まわしいものだからだ。

「〈魔都〉は莫大な魔力と質量を必要とする。力の弱い者は生成の過程で取り込まれ、〈魔都〉の一部にされる」

《殺人卿》と《無貌卿》による、街ひとつを犠牲とした醜悪な実験。それがこの〈魔都〉という魔術の実用試験だった。

「それはなんとも、気の毒な話で。しかし、それなら標的を確実に始末できるのでしょう。別に問題ないのでは？」

「……貴様らしくもないな。あんなものを使ったということは、使わざるを得ないほど追い詰められているということだ」

それで勝ちを確信するのは愚かだろう。

――フォルネウスの寿命は幾ばくもないはずだが、それだけになにをするかわからん。

青年は、暗闇の向こうを見上げる。

そこには、巨大な金属の塊があった。

不気味に鳴動するそれは、形としては鎧のようにも見えた。ラジエル大聖堂よりも巨大なそれを、着込めるような存在がいればの話だが。

青年は踵を返す。

「バトー、こっちは任せる。俺はラボラスを迎えにいく」

「おや、お優しい。助けに行かれるので？」

「ラボラス抜きで、アスモデウスを躾けるのは不可能だ」

男は苦笑する。

「躾、ねえ……？」

「なにも命まで取ろうというのではない。言うことを聞くよう教育するのは、躾と呼ぶだろう？」

「……彼女には少し、同情しますねえ」

白々しくそうのたまうと、糸のような目をそっと開く。

「まあ、それもこれも彼女を捕らえられれば、の話ですがね」

沈痛そうなその声は、すでに死を覚悟したものに聞こえた。

それから、まるで悪意がないかのような笑みを浮かべて言う。

「こんな恐ろしいことを平然と思いつくわりには、身内には過保護なほど甘い。あなたとザガンはよく似ていますよ」

「ふん。それはザガンも気の毒にな」

似ていると言われるのは悪い気がしなかったようだ。丸メガネを押し上げる青年は、まんざらでもなさそうに口元を緩める。

「まあ、こちらは任されましたが、外の方はどうするおつもりです？」

魔術師と聖騎士は対立し、争わねばならない。そんなふうに世界を作ってきたというのに、現在それをぶち壊しにするような事件が起きていた。

青年は、それまでの威厳を霧散させ、虚脱したように肩を落とす。

「……どうしよう。どうしたらいいと思う？」

「いや、私に聞かれましても」

この青年がこれほど途方に暮れた姿を晒すのは、千年の間でも初めてのことかもしれない。

糸目の男は同情するように肩を叩く。

「ま、まあ、放っておくしかないと思いますよ？　どの道、計画もこの段階まで進んでしまったのですし、むしろ好都合なのでは？」

「だといいんだが……」

先ほどとは打って変わり、すっかり消沈した様子で青年は去っていくのだった。

◇

「もういいぞ、フォルネウス。……と言っても、根本的な解決にはならんだろうが」

〈魔都〉の別の一画にて、シャックスはフォルネウスにそう声をかけた。

グラシャラボラスによって分断された彼は、フォルネウスと共に見知らぬ夜の街に放り出されていたのだ。

ただ、足元にはべったりと血の跡が広がっている。

グラシャラボラスに斬られたわけではない。

フォルネウスが、突然血を吐いたのだ。

「その傷、さっきのグラシャラボラスに使った〝言葉〟のせいかい？　ああいや、無理に答えなくていい」

――〈失せろ〉〈グラシャラボラス〉――

書物の引用ではなくそう唱えたフォルネウスによって、最初の襲撃は撃退された。黒花が倒れたこともあり、あのまま戦っていたら死傷者が出ていた可能性はある。

――あれが〈魔王の刻印〉の力なのか？

フォルネウスの治療に当たったシャックスは見た。

彼の〈刻印〉は、右手ではなく口の中にあったのだ。

攻撃手段としてそこに宿しているのか、それともその力でようやく断片的な単語を口にすることを可能にしたのか。

詮索したい気持ちは山々だが、問いかけたところでフォルネウスにはそれに答える術がないのだ。

シャックスは頭を振って、思考を目の前に戻す。

フォルネウスの力は凄まじかったが、その代償はずいぶんと大きなものだった。

手当てをしようとしたシャックスは、絶句させられた。

フォルネウスの喉は、巨大な手に握りつぶされたように、物理的に潰れていたのだ。

――そんな状態で、フルフルの修理をしていたのか。

恐らく本人も応急処置なりをしていたのだろうが、そんなことでどうにかなる傷ではなかった。なのに、平然としているように振る舞っていたのだ。

それが、フルフルの傍を離れたことで、気力の糸が切れたのだろう。

「あんたにとっちゃ、あの嬢ちゃんはそれだけ大切らしいな」

「…………」

フォルネウスは答えなかったが、答えとしては十分な沈黙だった。

傷は治癒したものの、フォルネウスは険しい表情をする。

「心配するな。相方と分断されたのはこっちも同じだ。それに、あんたに恩を売っておきたい。フルフルの嬢ちゃんは、必ず捜して見せるさ。あのミーカって聖騎士の坊主もな」

建前を口にしつつも、シャックスの頭の中にあるのは黒花のことだった。

――無事でいろよ、クロスケ……。

普段の黒花ならば、たとえ〈魔王〉相手でも無事を信じるだろう。だが、いまは古傷が開いて万全には遥か遠い状態だ。

――それに、銀眼のこともある。

リユカオーンの三大王家は銀眼の王に連なる一族ではあるが、中でもアーデルハイド家は特にその血を色濃く受け継いでいる。

そんなアーデルハイドで〝四つ耳〟という先祖返りなのがあの少女なのだが、その血はケット・シーとしてだけではなく銀眼の王としても目覚めつつあるらしい。

――最初に見たのは、アンドレアルフスとの決戦のときだった。

操られていたとはいえ、あの〈魔王〉に一歩も引けを取ることなく斬り結ぶ彼女の瞳は赤ではなく、銀色に染まっていたのだ。

銀眼の王――ザガンを含めて代々その名で呼ばれる王たちは、魔力の流れを視ることができたという。ザガンの〝魔術喰らい〟も、その能力を根拠とする力だ。……まあ、視えたからといって、あんな精度で魔法陣を書いて返すというのはザガンにしかできないことだろうが。

黒花の銀眼には、そういった力は宿っていないようだった。

それに古傷の後遺症という可能性もあった。だから、本人には知らせず様子を見ることにした。ザガンもそれを了承してくれたため、この事実はごく一部の者にしか知らされていない。

……いや、本当は怖かったのだ。

代々の銀眼の王は、世界の命運に関わるような戦いに身を投じ、恐らく命を落としてきた。ザガンとて、いつ死んでもおかしくないような戦いをくぐり抜けてきたのだ。

そんな戦いに、黒花が関わらなければいけなくなるのが怖かった。

だから、少しでも自分で彼女を守れるよう、強くなろうとしたのだ。

——黒花のことだけは、守るって誓ったんだ。

アーデルハイドの墓を参って、彼らの墓前でそう誓ったのだ。

黒花を失えば、今度こそシャックスには生きる意味がなくなるだろう。

ああ、そうだ。なにが守るだ烏滸がましい。いまもシャックスは黒花の存在に寄りかかって支えられて、ようやく生きているだけの男なのだ。

だからこそ、必ず黒花を守らねばならない。

大きく息を吸って、吐く。

——まずは、冷静になれ。

こういうときこそ冷静でいなければ、助けられるものも取りこぼしてしまう。

シャックスは地面に触れてみる。

「幻の手合いじゃないな。かといって空間転移したようでもなかった。……となると、街ごと造り直したのか？」

だとしたら恐るべき力である。これが真の〈魔王〉の力ということだろうか。

先ほどから魔術による念話も使えない。恐らくこの結界に阻害されているのだろう。魔王殿にいるザガンはもちろんのこと、黒花にも連絡が取れない。

「はあっ！」

魔力を込めて地面を殴ってみる。

石畳のいくつかが砕けるが、それだけである。その破壊も、すぐに修復されてしまった。

――魔術そのものは使えるが、いちじるしく効果が落ちている。

ザガンにはとうてい及ばぬにしても、魔術師の一撃は大地に大穴を穿つのだ。それがシャックスの一撃は情けないくらいの威力しか出せなかった。

本来の十分の一程度といったところだろう。建物の壁を貫けるかも怪しい。

「内側から破るのは無理か……」

ザガンやアスモデウスのような規格外の力でもない限り、脱出不可能な結界である。

――仮にクロスケが銀眼の力をものにしたって、無理だろう。

ザガンの〝魔術喰らい〟に魔力を視るという銀眼は不可欠なものだが、あくまで要素のひとつでしかない。

銀眼はあくまで〝回路〟という図面を先読みするための能力で、真に重要なのはそれを後から書き始めて追いつく、精密にして超人的な演算能力なのだ。魔術師ではない黒花では、そもそもの前提にすら立つことができない。

――この中じゃ魔術師はいたぶり放題ってわけか。

かといって、聖騎士では元〝剣聖（けんせい）〟であるグラシャラボラスには敵（かな）わない。

ここではグラシャラボラスがルールなのだ。

――だが、逆に考えれば近くにいれば念話も通じるかもしれないな。

頼りないことに変わりはないが、まったくできないよりはマシだ。

それらを確かめて、シャックスはうめく。

「……こっちに用意した〝座標〟も破壊されたか」

シャックスと黒花は〈魔王〉と接触しに来たのだ。なにがあってもおかしくないため、要所要所に転移魔法陣を用意していた。

――ボスは過保護だからな。

〈魔王〉の配下なのだ。危険な任務に駆（か）り出されることくらいは覚悟の上だが、そういうときの福利厚生（こうせい）の手厚さは〈魔王〉のそれとは思えぬほどだ。不測の事態となれば、増援（ぞうえん）以前にザガン本人がすっ飛んでくる。

それでいて、別に配下を信用していないわけでもないのだから、一度配下になってしまうとよそに行くことなどまず考えられない。

アリストクラテスの宿にもその魔法陣を設置していたのだが、この様子を見ると残っていまい。

——バルバロスはこんな〝座標〟なんてなくても空間転移するんだから、化け物だよな。

成り行きとはいえ、いまでもこの〈刻印〉は彼が持つべきだったのではないかと思う。

だが、結果的に〈魔王〉になったのはシャックスで、そうなった以上は責任がある。黒花を守るためには……いや、あの少女の隣に立って共に生きるためには、強く在らねばならないのだ。

頭を振って余計な考えを追い払うと、シャックスは考える。

——一番近い座標は、街からだいぶ離れている。

定時連絡が途絶えたことで、ザガンがすぐに行動を起こしたとしても、ここまで駆けつけるのに一刻はかかる。

この状況で誰も死なせず、一刻も凌げるだろうか。

——いいや、そんな後ろ向きな気持ちじゃ駄目だ。戦って、やつを倒すんだ。

そして黒花を連れて帰るのだ。

そう意気込んで、立ち上がったときだった。

ヒュンッと、目の前をなにかが通り抜けた。

――え……？　壁から、なにかが……。

その正体を直感して、シャックスは叫（さけ）んだ。

「壁から離れろフォルネウス！」

とっさにフォルネウスを蹴（け）り飛ばし、シャックスは壁から距離（きより）を取る。

「――ほう？　まさか二度も躱されようとは」

直前までシャックスが立っていた壁の中から、グラシャラボラスが姿を現していた。

ドッと汗（あせ）が噴（ふ）き出す。

――いま、偶然（ぐうぜん）立ち上がっていなければ首を落とされていた。

黒花のような達人の鋭さを持たずともわかる。なんの気配もなかったのだ。

老紳士は杖を脇（わき）に挟（はさ）むと、パチパチと拍手（はくしゅ）を鳴らす。

「まさかこの〈殺陣郷〉で二度も剣を躱されようとは、いささか自信をなくしそうでございます」

言葉とは裏腹に、老紳士は上機嫌そのもの。むしろ恍惚（こうこつ）とさえしていた。

――俺が躱したんじゃない。クロスケに守られたんだ。

黒花は本人の不運とは裏腹に、幸運を呼ぶ猫妖精（ねこようせい）ケット・シーである。彼女といると、奇妙な幸運に守られることが多い。まるで黒花自身の幸運を譲り渡したかのように。

シャックスは油断なく身構えて口を開く。

「そのわりには、ずいぶんと嬉しそうに見えるぜ？」

「これは失礼。わたくしめも〈魔王〉となって五百有余年になりますが、このように肌がヒリつくような感覚は初めてでございます。現役時代以来でございましょうな」

「現役時代……？　あんたが、元剣聖ってやつだって話か」

「是。久しく忘れておりましたが、わたくしめもやはり剣を握る者。強者との戦いには興奮を覚えざるを得ないのでございます」

そう言いながら、この男が愛するのは殺戮なのだ。

相手が強者だろうが弱者だろうが、同様に興奮を覚えて大切に殺すのだ。

シャックスは苦笑する。

「悪いが、そいつは俺には共感できそうにないな。俺は臆病で弱っちいんだ。いまだってとっととケツ巻いて逃げ出したいのに、そうできねえから戦う羽目になってるだけだ」

その答えに、グラシャラボラスはいかにも愛しげに微笑する。

「否。それは嘘でございましょう。あるいは、お気付きになられていないのか。真に臆病な者はこのような状況でも戦おうとはしないものでございます。ほら、貴殿の後ろにはちようど身代わりにできる者がいるではありませんか？」

「…………」

シャックスは答えず、肩を竦めるに留めた。

代わりに、すっと拳を前に突き出す。

「窮鼠猫を噛むってことわざがあるだろう？　臆病者を追い詰めちまったときは、気を付けた方がいいぜ？」

「是。貴殿のような男ほど、恐ろしいものでございます」

恭しく頭を垂れて、《殺人卿》はその手に刀身の見えない剣を抜くのだった。

◇

「ご主人さまが、また迷子？　行方不明、しました」

シュンと肩を落とす少女に、ミーカはかける言葉が思いつかなかった。

だって、ただの迷子の女の子だと思っていた彼女は、元魔王候補なんていうとんでもない怪物で、しかも人間ですらなかったのだ。

首を傾げるたびに、キイッと軋む音が響く。

いっしょにいる間、何度か耳にした覚えはあるが、そのときは街の喧騒もあって気に留めなかった。聞こえなかっただけで、この子はずっとこんな音を立てていたのだろう。

——怖い……。

ほんの一年前まで、ミーカは荷運びの下働きで小銭を稼ぐ一般市民だったのだ。聖剣なんてものに選ばれなければ、いまも重たい荷物を運んで日当を家に入れていただろう。剣を振り回すようなことなんて向いていないし、〈魔王〉なんかと戦えるわけがない。なのに、こんなわけのわからない場所に閉じ込められてしまった。

見知らぬ街。

震えていると、ミーカはふわりとあたたかいものに包まれた。

「ふぇ……？」

少女に抱きしめられたのだと、すぐには理解できなかった。

その胸は、硬かった。

やわらかな衣服の下には陶器のように硬質な身体があるだけなのだ。どれほど精巧にできていても、彼女は人形なのだと思い知らされる。

そのはずなのに……。

——あたたかい……。

この熱はどこから生まれているのだろう。

呼吸もしておらず、鼓動も感じられない。

なのに生き物と同じ体温があって、人形の身体でも彼女が生きているのだと感じた。

その事実に、どういうわけか涙がこみ上げてきた。

こんなふうに、誰かに抱きしめられたのは、幼いころ――まだ父が生きていたような本当に小さいころ以来だろう。

人形のはずなのに、そのぬくもりはあのときの母の胸を思い出させるものだった。

少女の背中に腕を回し、ミーカは外聞もなく泣いた。

「落ち着くしましたか？」

ややあって、少女はミーカの頭を撫でてそう問いかける。

――なんで、俺なんかにそんなふうに優しくするんだ？

いまさら手遅れだろうが、涙を誤魔化すようにミーカは問い返す。

「……キミ、なんで俺なんて助けようとしたんだ？」

この少女が守るべきは、あのフォルネウスという〈魔王〉だったはずだ。

それなのに、グラシャラボラスがこの結界を発動したとき、彼女が握ったのはミーカの手だった。

少女は不思議そうに首を傾げる。

「私はあなたに助けてもらう、しました。だから、今度は私があなたを助ける、します」

そして、先ほどと同じ言葉を口にする。

ミーカは、自分を恥じた。

――この子は、なにも変わってない。

彼女はなにも偽っていない。迷子で困っていたときから、少女は少女のままなのだ。

それを怖いと感じるのは、ミーカが勝手に怯えたからに過ぎない。

「……ごめん。キミは、俺を助けようとしてくれたのに」

「なにも悪いこと、されてないです?」

少女は気を悪くした様子もなく、そう言ってくれた。

涙を拭って、ミーカはようやく顔を上げる。そして、改めて問いかけた。

「あ、あのさ。俺、ミーカって言うんだ。キミの名前、教えてもらってもいいかな」

「はい。私はフルフル言います」

ミーカは笑った。

「フルフル……。可愛い、名前だね」

「そう、です?」

戸惑うように、少女――フルフルは菫色の瞳を宙に彷徨わせる。

その仕草は、見た目通りの可愛い女の子でしかなかった。

ただ、そんな仕草の中にも、フルフルが不安そうに周囲を気にしていることに気付く。

「お、俺のことはもう大丈夫。ご主人さまを助けに行きたいんだよね？」

ミーカがそう言うと、フルフルは首を横に振る。

「私が行くしても、ご主人さま、お守りできません。完敗、するしました。この場所は、力、さらに減退しています。行っても、足手まといするなります。ご主人さまに、無理するさせます」

フルフルが敗れたあと、あのご主人さまはなにかをした。

それによってグラシャラボラスという〈魔王〉は一時退散したが、それは彼の身に負担をかけることだったのかもしれない。

いまフルフルが助けにいったとしても、同じことになる。

だから、彼女はここに留まっているのだ。

――俺、かっこ悪いな……。

フルフルはこんなに必死で、なのにミーカに優しくしてくれて、守ろうとしてくれているのに、自分は怯えるだけで生きる意志さえなかった。

――なにか、俺にできることってないのか？

いまにして思えば、あの場にいた誰もミーカに戦えとは言わなかった。

それどころか、守るとさえ言ってくれた。

――でも、きっとあの人たちも自分の身を守るので精一杯だろう。

魔術のことはわからないが、自分たちが閉じ込められたここが尋常でない空間であることくらいはわかる。

守ってもらうだけじゃ、駄目だ。

――人には向き不向きがあるんだから、ミーカも向いてることを伸ばせばいいよ――

ステラ・ディークマイヤーは、剣の才を持たないミーカにそう言ってくれた。

あの人がそう言ってくれるのなら、信じてみよう。

どうせ、ここでミーカにできることなど、高が知れているのだから。

チラリと、背の聖剣に目を向ける。

これを振り回しても、きっとあの恐ろしい〈魔王〉には掠りもしないだろう。フルフルとの立ち合いを見ただけでも、自分とは格が違うことくらいはわかる。

――それに、俺が余計なことをしたせいで、あの猫獣人の人にも怪我をさせた。

聖剣に宿る浄化の力。ミーカの〈ハニエル〉は、それが〝音〟という形で現れる。

音というのは目には見えないし、ひとつに狙いを定めるようなこともできない。方向を定める程度のことはできるが、それも強弱の差程度でしかなく、少なからず周囲に影響を与えてしまう。

だから、黒花を巻き込んでしまったのだ。

「あ」

そこまで考えて、ミーカはあることに気付いた。

――もしかしたら……。

ミーカにも、できることがあるかもしれない。

「ねえ、フルフルさん。俺、魔術のことってよく知らないんだけど、こういうのってあのグラシャラボラスってやつをやっつけたら、脱出できたりするものなのかな？」

「その可能性は、大です」

その答えに、自信が湧いてきた。

「フルフルさん、ちょっと手伝ってもらってもいいかい？」

「なにをする、しますか？」

首を傾げるフルフルに、ミーカはなんとか笑うことができた。

「ふたりで、あの悪いやつを、やっつけちゃおうぜ」

臆病者を追い詰めてしまったときは、気を付けた方がいい。

そう言ったのは〈魔王〉シャックスだが、本当に臆病な者が牙を剥いたことにはまだ誰も気付いていなかった。

◇

「あんたを相手に出し惜しみをするつもりはない――〈虚空〉」

シャックスは、最初の一手に切り札を切った。

世界から色が失われる。

老紳士が狂喜の笑みを浮かべたまま動きを止め、音すらもその伝達を諦める。

時間が止まって見えるほどの超加速。他者の体感時間を止める〈夜帷〉とは正反対の魔術である。

――加速できるのは、たぶん一瞬だけだ。

この〈殺陣郷〉の中では、本当に拳を一度振るのもやっとという時間だろう。

だが、〈魔王〉が拳を振るということは、相手の絶命を意味するのだ。

石畳を踏み割り、一直線に真っ直ぐグラシャラボラスに向かって踏み込む。

高らかに振りかぶった右手にザガンの拳を模した〈魔王の鉄拳〉を紡ぎ、電光よりも速く渾身の一撃を振り下ろす。

――仕留めた。

果たして、シャックスの〈魔王の鉄拳〉は狙い違わず老紳士の顔面を撃ち抜いた。

「な――――ッ？」

だが、困惑の声を上げたのはシャックスの方だった。

弱体化しようとも、人間の頭くらい木っ端微塵に吹き飛ばす一撃だ。

それが、なんの感触もなくグラシャラボラスの頭をすり抜けたのだ。

そこで、時間が動き始める。

世界に色が戻り、踏み割った石畳が大地に陥没を生み、破壊の音がけたたましく響く。

渾身の一撃が空振りしたシャックスは、そのままひっくり返りそうになるのをなんとかたたらを踏んで堪える。

そこに、グラシャラボラスは立っていた。

立っているのに、そこにはいない。

「幻影か！」

『左様でございます』

気配もなにもなく、その声はシャックスの背中から聞こえた。

『〈虚空〉——かの《剣神》アンドレアルフスの奥義。やはり貴殿が継承されておりましたか。さもなくば、あの御仁とは戦いにすらなりませんからな』

シャックスの背中に冷たいものが伝う。

——読まれていた。

手札が割れているということは、すでに対策されているということだ。

「く——ッ」

『遅い』

ふり返ったシャックスの体を、見えない刃が通り抜ける。

痛みはなかった。ただ、肩から反対側の脇腹まで、なにかが通り抜けたのだという感覚だけがあった。

「え——」

間の抜けた声をもらしたときには、噴水のように鮮血が舞い上がっていた。

『まずは、おひとり』

地面へと崩れ落ちながら、シャックスは見た。

そこにはやはりグラシャラボラスの姿はなく、刀身のない柄だけが宙に浮かんでいた。

——いや、この斬撃は、魔術で操るようなぬるいものじゃない。

姿は見えずとも、その剣は確かにグラシャラボラスが握っているはずなのだ。

消えゆく意識の中、胴体に残った右手を、宙を掻くように振るう。

いまさら悪あがきにもならない。見苦しい抵抗。

だが、そんな抵抗が、カーテンのように広がる鮮血の膜を五つに引き裂いた。

『——ッ』

刀身のない剣が、宙を舞う。

『ガッ——ぐおおおぉぉぉおぉっ？』

今度は、グラシャラボラスが絶叫を上げる番だった。

ドチャッと湿った音を立てて地面に転がったのは、老紳士の右腕だった。

その傍らに、右腕を失ったグラシャラボラスが膝を突いていた。どうやらダメージを受けたことで姿を現したらしい。

「……ハッ、今度は、当たった、かな？」

　地面に横たわったシャックスは、力なく笑う。

『ぐうぅっ……ッ。〈殺陣郷〉の中で、逆にこのわたくしめを斬るとは！』

　それから、グラシャラボラスは頭上を見上げる。

　そこには、何十何百という糸が張り巡らされていた。

　噴水のようにぶちまけられた鮮血によって色がついたからこそ認識できるが、それぞれの糸は目に見えないほど細い。触れてみない限り到底認識できないような代物だ。

　グラシャラボラスが目を見開いた。

『これはまさか、シアカーンの〈傀儡糸〉でございますか？』

「……その男は、俺の師でも、あるんで、な」

　ひゅうひゅうと掠れた呼吸をもらし、シャックスは答える。

　——俺にとって、シアカーンから与えられた力は忌むべきものだった。

　黒花のアーデルハイドの里を滅ぼすために使われた力だからだ。

　だからシャックスはそれを忌避し、見ないようにした。

　——でも、そいつは甘えだった。

——てなわけで、ひとりで俺を倒せるくらいには強くなってもらうぜ——

シャックスが〈魔王〉になってすぐに、アンドレアルフスから課せられた試練だ。それも三日で倒せという。

試練が始まるまで、きっと大げさに言ってシャックスに発破をかけているのだろうと、そんな甘っちょろいことを期待していた。

だが、アンドレアルフスのその言葉には誇張も加減もなく、本気でシャックスをたきのめした。何度も死を感じた。

シャックスは選択を迫られた。

生っちょろい綺麗事を並べてそこで果てるか、罪を重ねてでも意地汚く生き延びるか。

——結局俺は、罪から目を背けてただけだった。

罪の証である力と、向き合う勇気がなかったのだ。

必要なのは、覚悟だった。

罪を重ねてでも生きる覚悟だ。

そもそも、分不相応にも〈魔王〉の地位を与えられてしまったのがシャックスなのだ。

誰よりも必死に足掻かないのは怠慢である。

いまの自分はひとりではないのだ。

己の不甲斐なさは、そのまま黒花への負担に直結する。

だから、シャックスはこの忌まわしい力も受け入れることにした。

それが、この絶望的な状況でグラシャラボラスに一矢報いることを叶えた。

「利き腕なしで勝てるほど、黒花は弱くねえ、ぞ」

《殺人卿》の利き腕なら、命と引き換えにも悪くない。

だが、グラシャラボラスは無情にも立ち上がると、斬られた右腕を振るう。

失われたはずの右腕は、瞬時に再生していた。

『この〈殺陣郷〉で、わたくしめを殺すことは不可能でございます。いかなる手傷も、たちどころに回復してしまいますゆえに』

シャックスは、顔に絶望を浮かべた。

「そん、な……」

そのまま意識が遠のくシャックスに、グラシャラボラスは容赦なく剣を振るう。

シャンッと鞘走りの音を残して、〈呪刀〉が一閃された。

ただ、そこにシャックスの骸はなかった。

『貴殿こそ、いつまでその猿芝居を続けられるおつもりで?』

「……やれやれ。こっちもがんばったんだ。油断や慢心のひとつくらい見せてもらえないもんかね？」

体を真っ二つに裂かれたはずのシャックスは、何事もなかったように飛び退き、立ち上がっていた。

『否。申し上げたはずでございます。貴殿のような男ほど、恐ろしいものだと』

それから、シャックスの胴を見遣る。

『この〈殺陣郷〉にあって、その回復力はどういった絡繰りでございましょう？』

グラシャラボラスのひと太刀は、確かに致命傷だった。魔術を弱体化させるこの結界の中で、再生できるものではない。

シャックスは襟をめくり、傷跡を晒す。

そこには無数の糸で縫合された刀傷が残っていた。

『なんと。〈傀儡糸〉にて細胞の一片、神経に至るまで瞬時に縫合なさったのか！』

「もともと、医療魔術師なもんでね」

ザガンの〈天鱗・祈甲〉からヒントを得た魔術だ。

この〈傀儡糸〉は縫合したのち、本来の細胞に置き換わっていく。そこに求められるのは精密さであって、魔力ではない。

――ただ、縫合しただけで回復したわけじゃないんだよな。

本来ならそのまま回復しているはずなのだが、治癒の部分になると明らかに弱体化させられている。

つまり、一命は取り留めても痛みは消えないのだ。

額に汗を残して、シャックスは笑う。


「さて、続きに付き合ってもらうぜ？　お前さんを、いまの黒花と戦わせるわけにはいかねえからな」


そう語るシャックスの指から、何百という糸が伸びる。

この糸は、初めからシャックスとフォルネウスを守るように張り巡らされていた。

これが、最初の襲撃でグラシャラボラスが踏み込めなかった理由である。

――どこから現れても、糸に触れれば感知できるはずだったんだがな。

それ以前に、糸に触れれば腕くらいは簡単に落ちる。

にも拘わらず、グラシャラボラスは糸に触れることなく、突然シャックスの背後に出現したのだ。

　それを踏まえて、シャックスは指摘する。

「この〈殺陣郷〉、最初は結界の一種かと思ったが、どうやら違うみたいだな。俺たちは、あんたの腹の中に呑み込まれちまったわけだ」

〈殺陣郷〉とは《殺人卿》そのものなのだ。

　この古の街そのものと、グラシャラボラスは一体化しているのだ。

　それは気配など読めるわけがない。そもそも足元の大地から周囲の建物、空に至るまでの全てがグラシャラボラスそのものなのだから。

「そら、行くぞ？」

　シャックスが腕を振るう。

　その指に連なる糸が無数の刃となって、グラシャラボラスに降り注いだ。

　――必要なのは魔力じゃない。鋭さだ。

　絹糸の数千分の一という太さでありながら、大岩をも吊り下げられる強度を持つのがこの糸だ。絡みつくだけで鉱物だろうが金属だろうが両断する。

　それを技へと昇華させるのは、鋭さである。

『ごうぅ――――ッ！』

　老紳士の体が微塵に切り刻まれるが、それも瞬時に再生される。

そこに在るのは、あくまで剣を振るうための末端でしかないのだ。

先日、ザガンはシェムハザという魔族と戦った。その体は一万からなる魔族によって構成されており、いくら末端を叩いたところで打撃にはならなかったという。

この〈殺陣郷〉も同じなのだ。〈殺陣郷〉そのものを破壊しない限り、本体への打撃にはなり得ない。

そして当然の返礼として、〈呪刀〉による見えない斬撃が放たれる。

地面に潜りその場から消失したと思ったら、シャックスの背後に現れ、胴へと一閃。返す刀で右腕を、最後に肩から股まで容赦なく振り下ろす。

その全てが同時に見えるような三連撃だった。

――はは、こんなもん避けられるかよ。

黒花のような達人ならともかく、いかに身体を強化しようともシャックスはただの医者なのだ。見えない剣を避けられるような直感も反射神経もない。

避けられはしないが……。

「三つにひとつは、逸らせそうだな」

三度斬られたはずのシャックスに刻まれた傷は、胴と右腕のふたつだけだった。

身を守るように広げた〈傀儡糸〉の一本が、その斬撃をわずかに逸らしたのだ。

これは、大きな事実である。

無尽蔵に再生するグラシャラボラスと斬り合えば、いずれ競り負けるのはシャックスの方だろう。

――だが、俺は時間を稼げればそれでいい。

一刻稼げば、必ずザガンが来る。

そしてこの〈殺陣郷〉を破る。

そこで三度に一度は防げるというのは、これからこの身で受けねばならない何十何百という斬撃の三割三分を減らせるということなのだから。

それでいて、残りふたつの傷も斬られると同時に縫い合わせる。

グラシャラボラスが目を見開き、感嘆の声をもらす。

『おお……、なんと素晴らしき哉！』

「我慢比べには、ちょいと自信があるんでな」

ずっと、死んだように生きてきた。

死に場所を探して、でも死ねなくて、ならせめて誰かの役に立てればと医者の真似なんてやってきた。

——でも、そういうわけにもいかなくなった。

黒花だ。

初めは、黒花が幸せになれればそれでよかった。それまで彼女(かのじょ)を支えてやることがこの命の使い道なのだと、ようやく目的ができた。

そのはずだったのに、いつの間にか欲が湧いていた。

黒花は三大王家のひとつ、アーデルハイド家最後の生き残りだ。いつかは誰かと結ばれ、子孫を残さなければならない。

——冗談(じょうだん)じゃねえ。あんないい女を、他の誰かに譲ってなんかやるもんか!

あれはシャックスのものだ。

なによりも大切な宝物なのだ。

誰にも譲らないし、傷つけさせない。

なにがあっても手放してなどやるものか。

その黒花をあんな目に遭(あ)わせたこの男は、特に許さない。

そう認めてしまうと不思議なもので、いくらでも力も気力も湧いてくる。

「いまの俺は、細切れにされたって倒れやしねえぞ？」

『ぱう！　ここで貴殿と戦えたこと、わたくしめは誇りにさえ思いますぞ』

その反応に、シャックスは思わず笑みをこぼす。

——見かけによらず熱くなりやすいってのは、本当だったな。

シャックスとの斬り合いに夢中になってくれればくれるほど、時間稼ぎは容易になる。

もちろん、ザガンが助けに来ることが絶対の前提ではあるが、それはいまさら疑うまでもない。

〈傀儡糸〉をたたき込み、本体なのか分身なのか判別がつかない《殺人卿》を片っ端から切り刻む。

それに返される見えない斬撃はその身で受け、あるいは糸で逸らす。

「……お？　少し、慣れてきたかな」

三度に一度しか逸らせなかった斬撃を、希に二度逸らせることに気付く。

——やっぱり、あの〈呪刀〉を握っている部分が核に思える。

意志を体現しすぎているとでも言えばいいだろうか。ただの末端にしては特別に感じられる。

そもそもこの〈殺陣郷〉そのものがグラシャラボラスだというなら、中の人間などそのまま押し潰してしまえばいいのだ。

なのに、この〈魔王〉はわざわざ人型の末端を用意して、剣で斬ることにこだわっている。

《殺人卿》ゆえの矜持かとも思ったが、もしかするとそれがこの結界の制約なのかもしれない。

つまり、この中ではあの末端でしか〝殺し〟ができないのだ。

そうした制約を課すことで、このグラシャラボラスに都合の良すぎる空間を存在させているというのは、考えられる。

——問題は、そいつを倒す手段がないことだが。

しかし、それはこの結界さえ壊せれば解決することだ。

この場にグラシャラボラスを引きつけることは、結果的に最善手だった。

『実に恐るべき男。いまここで、貴殿を殺しきるのは不可能のようでございますな』

「ずいぶんと、持ち上げてくれるんだな」

『事実を申し上げているだけでございます。この〈殺陣郷〉にて、退くどころか真っ向から斬り合い、あまつさえ退かせたお方は貴殿のみでございます』

「……なに？」

獲物を前に《殺人卿》が口にするとは思えぬ言葉に、シャックスは警戒する。

グラシャラボラスはとうとつに剣を引いて距離を取った。

『――であれば、仕事の方を優先させていただく』

「がっ――」

《殺人卿》の凶刃が、フォルネウスの胸を貫いていた。

「フォルネウス！」

〈傀儡糸〉を振るうが、グラシャラボラスはフォルネウスの体ごと地面に沈む。

――まずい！　逃げられる。

このまま時間切れまで遊んでくれるほど甘い相手ではないとは思っていたが、こうも簡単に目的を変えられるものなのか。

「――ぐえっ」

それを追いかけようとしたシャックスは、顔面からすっ転んでいた。

――駄目だ。体が、動かねえ……。

いったい何度斬られただろう。その数は三桁に及ぶかもしれない。

いかに超人的速度で縫合したとはいえ、継ぎ接ぎだらけの体が思い通りに動いてくれるはずはなかった。

「……悪い。あとは任せる」

シャックスの指からは、一本の糸が伸び続けていた。

まるで、消えたフォルネウスを追いかけるように。

――そこだ、くせ者――

アリストクラテスに来てすぐ、なぜか積極的になったシャックスに暗がりへと連れていかれたとき、黒花は何者かが自分たちを見ていると感じた。

投げナイフはそれを捉えることはできなかったが、やはりいたのは間違いないと思う。

杖を支えに〈殺陣郷〉の中をさまよいながら、黒花は思う。

――もしも、あれがグラシャラボラスでなかったとしたら……。

それが〝彼〟だったとしたなら、この結界の中で切り札になるかもしれない。

「……あった！　シャックスさんの糸」

石畳の上に、ピンと一本の糸が張られていた。

シャックスが残した目印である。黒花にも認識できるよう、ほのかに輝いていて、いまもどこかに向かって伸び続けている。

——この先で、シャックスさんが戦ってる。

グラシャラボラスに〝ゲーム〟とやらを持ちかけられてから、すでに半刻以上経過している。

こんな不利な環境で、半刻である。

みんな殺されていてもおかしくはない。

——ううん。シャックスさんは、まだがんばってる。

この糸はシャックスの魔力で生み出されたものである。彼が死ねば、魔力も途絶えて消えてしまう。それが残っているということは、そしてそれがいまも伸びているということは、彼が生きて戦っている証である。

「シャックスさん、お願いです。あたしを、連れていってください！」

糸を自分の手に巻き付け、ギュッと握る。

その意図に気付いてくれたのか、糸は凄まじい速度で伸縮し、黒花の体をどこかへと運んでいった。

石の塔が風のように流れていく中、その先に青白い靄が一点でわだかまっているのが見えた。

地面の下に埋まるように、人の形に見えるものがふたつ。

うち一方はいまにも消えてしまいそうなほど儚く、もう一方は禍々しくも興奮するように膨れ上がっていた。

どちらがグラシャラボラスなのかは、確かめるまでもなかった。

「グラシャラボラスッ！」

黒花は短剣を引き抜くと、地面に向かって突き立てる。

『ギッギャアアアアァァァァァァアッ？』

どうやら背中に突き立てたらしい。

絶叫を上げて、グラシャラボラスが地面から飛び出した。

腕には、血まみれのフォルネウスが抱えられている。重傷のようで顔からは血の気が引いているが、まだ息はあるのが〝視〟えた。

——いまのあたしに、こいつと斬り結ぶ力はない。

残る一方の短剣を振りかぶると、黒花はそのままグラシャラボラスの首に突き立てた。

「このまま、首をねじ切ってやる！」

リュカオーンが誇る剣侍とは思えぬ血なまぐさい戦い方。それでも、黒花はこの一撃に残った力の全てを賭けた。

『おっぼおおおっゴボッァあ、あなたという人はぁぁぁあっ！』

自慢の〈呪刀〉はフォルネウスの体に突き刺さっている。

「——ぐっ、ううぅぅっ」

グラシャラボラスはそれを引き抜こうと足掻くが、フォルネウスは見えない刃を素手で握り締める。

この〈魔王〉も戦ってくれているのだ。

『離ぜっ、ばなずの、でずっ』

グラシャラボラスは自由な腕で摑みかかり、後頭部で頭突きを見舞う。

顔面に頭突きを受けた黒花は鼻と口から血を垂れ流し、意識が遠のく。

それでも、短剣に込める力だけは緩めなかった。

——殺れる！

あとひと押しで頸椎をねじ切れる。そう確信したときだった。

『――〈剣鬼之焔〉――』


老紳士がふところから抜いた杖から、無数の刃が紡がれた。

焔のように揺らめく、実体のない刃。

それが、雨のように降り注ぐ。グラシャラボラスの身すらも巻き込んで。

――マズい……！

この刃を凌ぐことは、いまの黒花でも難しくはない。

黒花自身は、である。

「フォルネウス公！」

揺らめく刃の先には、フォルネウスもいるのだ。自らの体で〈呪刀〉を止めている彼に、これを躱す手段はない。

そして黒花自身もふたつの短剣を握っている以上、フォルネウスに手を伸ばすことはできなかった。

そして、揺らめく刃が到来する。

「――〈胡蝶〉――」

黒花の体に虹色の蝶がまとわりつく。

いいや、まとわりついているのではない。その体が蝶になって解れているのだ。

〈剣鬼之焔〉は蝶となった黒花の体を素通りし、グラシャラボラスの体をも貫いていく。

その先の、フォルネウスもろとも。

「――ご主人さまを、返してもらいます」

どこからともなく、そんな声が響いた。

目を向ければ、どこから現れたのか侍女姿の少女が飛び込んできていた。確かに、なんの気配も感じられなかったというのに。

その両腕から刃を突き出し、グラシャラボラスの右腕を切り落とす。

「フルフルさんっ？」

「――〈雷電・石火〉――」

フルフルの体が一瞬の電光を放つ。

頽れるフォルネウスを抱き止めると、フルフルは腕の刃を振るう。

その速度は黒花の目を以てしても全ては見えぬほどだった。

――このスピード、シャスティルさまに比肩する？

加速の魔術だったらしい。光のように幾重にも走った刃は、降り注ぐ〈剣鬼之焔〉さえも撃墜していた。

『なんと！』

グラシャラボラスが驚愕の声を上げる。

フルフルはそのまま後ろに跳ぶが、いまの斬撃は全身全霊を捧げたものだったのだろう。着地することは叶わずフォルネウスもろとも地面を転がってしまう。

――でも、これでフォルネウスは助かる。

だが、ずるりと黒花の手も短剣から滑ってしまう。

〈胡蝶〉を使ったことにより、一瞬だけ力が抜けてしまったのだ。堪えきれず、グラシャラボラスの背から振り落とされてしまう。

「――あうっ」

地面に叩き付けられ、情けなく悲鳴がもれる。

だが、問題は振り落とされたことではなかった。

――剣が……！

グラシャラボラスの背と首に突き立てた短剣は、引き抜くことができなかった。

〈胡蝶〉は〈天無月〉を握っていなければ使えない。

対して、グラシャラボラスは〈呪刀〉を封じられたものの杖が残っている。

その杖に、再び魔術の刃が灯る。

——攻撃が来る。

立ち上がろうとするがまるで手足に力が入らず、もがくことしかできなかった。

杖を振りかぶる老紳士に、死を覚悟したときだった。

ズッと、鈍い音を立ててグラシャラボラスの胸が裂けた。

『は……？』

その顔から片眼鏡が抜け落ち、なにが起きたのかわからないという顔をする。

グラシャラボラスの胸から突き出していたのは、灰色に輝く聖剣だった。

「——吠えろ〈ハニエル〉！」

ボンッと、冗談のような音を立てて、グラシャラボラスの上半身が吹き飛んでいた。

カランと音を立てて、老紳士に突き立てていた二本の短剣が地面に転がる。

その後ろに立っていたのは、聖騎士の少年だった。

びちゃびちゃと肉片をまき散らしながら、残った下半身がゆっくりと膝を突く。

決着を告げるように、ガシャンッとなにかが割れるような音が響いた。

どうやらこの〈殺陣郷〉が砕ける音だったらしい。石の塔に、石畳に、不気味な夜そのものがひび割れ、崩れていく。

「やった……！　倒した！」

少年らしい笑顔で、フルフルをふり返る。

侍女の少女も、その顔をほころばせてうなずく。その腕に抱かれたフォルネウスさえも、ホッと息をもらしていた。

そんな中、黒花だけがまだ終わっていないことを視ていた。

「――ダメです！　逃げて！」

「え――」

少年が呆けた顔をしてふり返る。

その先には、無数の揺らめく刃が迫っていた。

ビシャッと鮮血をまき散らして、少年だったものがバラバラになって吹き飛んだ。

「あああああああああああああああああああああああああああああっ！」

黒花は叫んだ。

フルフルは、なにが起きたかわからないという顔で固まる。

破裂したはずのグラシャラボラスが、再びそこに立っていた。

首からは血を垂れ流し、ぜえぜえと荒い呼吸をもらしてはいるが、少年が与えたはずの傷は残っていない。

「やはり、恐るべきは、坊ちゃんでしたな」

敬意を込めた眼差しで、老紳士は腰を折る。

「音を操る聖剣〈ハニエル〉。その真価は、音を絶つことにありましょう。わたくしめでさえ、ぶつかるまであなたさまの存在を認識できなかった」

そう、それこそが黒花が彼を認識できなかった理由である。

――完全に音を絶つ。それは、気配そのものを感じさせないってことです。

一度目の光を失った黒花だからわかる。

人間は、視力以上に聴覚で周囲を認識しているのだ。人間の嗅覚は嗅ぎ分けることには優れていても動物には遠く及ばず、触覚は触れてみて初めて反応する。

見えないところから真に無音で近づければ、誰にも認識できないのだ。

この聖騎士の少年は剣の腕こそ、その才能に追いついていなかったかもしれないが、それができていた。

ただ、悲しいかなそれを誰よりも先に見抜き、警戒していたのもまたグラシャラボラスだったのだ。

——だから、対策されていた！

きっと少年が仕掛けるだろうその瞬間を読んで、幻影とすり替わっていたのだ。

「さて、〈呪刀〉を返していただきましょうか」

「ぐう——っ」

グラシャラボラスが腕を掲げると、フォルネウスの体から見えない刃がひとりでに引き抜かれる。

それから、バラバラになって転がる少年の骸に向き直る。

「犬死にではございましたが、素晴らしい斬り込みでございました」

「……じゃない」

黒花は、うめくように声を絞り出す。

「犬死になんかじゃ、ないです」

地面に転がる〈天無月〉を握り、黒花は立ち上がる。

足はガクガクと震え、剣を握る手にもまったく力は入らない。

それでも、立ち上がるのだ。

「彼が助けてくれなかったら、あたしはやられてました」

少年が割って入ってくれたから、まだ剣を握れる。

髪留めを解いて、短剣を手に結びつける。

静かに息を吸って、それを肺が空になるまで吐く。

震えが止まった。

剣は、振るえる。

奇しくも、共に剣聖の名を頂く者同士。その手に握るも二刀。崩れゆく天使の街の中で、最後に立っていたふたりが向き合う。

「アーデルハイド流剣侍総代黒花・アーデルハイド——参ります」

「《殺人卿》グラシャ・ラボラス——謹んでお受けする」

そして、ふたりの剣聖は同時に地を蹴った。

間合いの利があるのはグラシャラボラスである。刀身の見えないその刃がどんな長さなのか、いやそもそも決まった長さなどあるのか、それは持ち主にしかわからない。

グラシャラボラスが振るったのは、右手の〈呪刀〉。刃の見えないそれを、黒花は左の短剣で受ける。

「――〈刀狩り〉！」

いや、一刀ではなかった。左で受けると同時に、右の刃を重ねて打ち下ろす。

「ぬうぅっ」

折れこそしなかったものの、その衝撃は刀身を伝って腕にまで打撃を与える。

グラシャラボラスの動きが、一瞬だけ止まる。

黒花はその隙を逃さず踏み込むが、それでもまだ間合いには遠い。

グラシャラボラスは左に握った杖を振るう。そこにはすでに魔力の刃〈剣鬼之焔〉が灯っていた。

その刃が首に迫る。

「――ッ、遅い！」

黒花は膝を折り、地を這うように身を低く伏せてそれを凌ぐ。

そして、曲げた膝を伸ばして踏み込む。

残像さえ残すその踏み込みに、ついに《殺人卿》の首を間合いに捉える。

「お見事。だが、そこまでです――〈夜帷〉」

踏み込んだ姿勢のまま、黒花の動きが止まる。

世界を認識できなくなる。

バラバラと崩れる塔だけが時間の流れを許された中、グラシャラボラスは最後の一撃を一閃した。

「おさらばです。強く美しいお嬢さん」

無情な一撃が、黒花の首を胴から刎ねる。

「――ええ、さようなら。おぞましい殺人鬼よ」

黒花の首には、虹色の蝶がまとわりついていた。

「なんと――」

グラシャラボラスが驚愕に目を見開いたときには、黒花の短剣がその首へと伸びていた。

シャンッと錫杖の音を残して、老紳士の首が胴からはね飛ばされていた。

「お前があたしの首を狙っているのは、視えていた」

だから、〈胡蝶〉で備えることができた。

鮮血の雨を降らせながら、《殺人卿》の体はようやく地に屈する。

『──実に、素晴らしき哉』

宙を舞う首は、地に落ちる前にそんな言葉を口ずさんだように見えた。

それが、長い長い悪夢の夜の、幕引きだった。

✡ エピローグ

死は美しい。

生命が生命であるがゆえに訪れる最後の輝きである。

そこにはどんな善行を為した善人も、おぞましい悪業に溺れた悪党も、無目的に流されるだけの凡俗も関係ない。

平等に与えられ、愛されるべき祝福なのだ。

そんな死を自分の手で与えることができるとすれば、この上ない幸福である。

六百年生きて、ありとあらゆる死を見てきた。至上の時間だった。

〈魔王〉はみな恐るべき権能を持つ超越者たちだが、これほど満たされていたのは自分かナベリウスくらいのものだろう。

最初は、こうではなかった。

剣の腕を磨き、聖剣にこそ選ばれなかったものの聖騎士として栄誉ある剣聖という称号を与えられ、弱き者を守ることに——命を守ることに生き甲斐を感じていた。

子宝にこそ恵まれなかったが、愛する女がいて慎ましくも幸せな家庭を持っていたのだ。

そんな自分が初めて任務以外で摘み取った命は、その愛した女だった。

きっかけは、いまにして思えば取るに足らない教会内での派閥争いである。剣聖という称号は、ときとして疎ましいものでもあったらしい。

女はそんな敵対派閥に属しており、剣聖を暗殺するには格好の立場にいた。

それでも女を信じ、説得しようと努力はしたのだが、もみ合ううちに殺めることになってしまった。

己を口汚く罵り、呪詛の言葉を吐いて事切れる女は、自分が愛したそれとはあまりにかけ離れていた。

そんな女の最期に——

——嗚呼、なんと醜いのだろう。なんと美しいのだろう——

何十年も綺麗に取り繕ってきた女のおぞましい本性は、しかし命というものの最後の輝きに外ならなかった。

死というものを、もっともっと見たくなった。

そんな男に声をかけたのが、教会教皇であったマルク＝マルコシアスだった。

それからの人生は、実に充足したものだった。

何百何千という命を刈り取り、その最期の瞬間を誰よりも傍で味わってきた。

特に、最後の戦いは本当に楽しかった。

《虎の王》シャックス。〈殺陣郷〉を使っていられた時間の大半は、あの男による足止めに費やされてしまった。彼が一瞬でも挫けていれば、〈殺陣郷〉を破られる前に黒花は倒れていただろう。

《傀儡公》フォルネウス。錬金術の始祖にして現状最古の〈魔王〉の名に間違いはなく、一戦目はなす術もなく追い返されてしまった。あのときひとりでも倒せていたら、この結末はなかっただろう。

《雷甲》のフルフル。彼女は……嗚呼、是非とも殺したかった。人にならざる体を持ちながら、誰よりも人間らしい魂をもった人形の少女。人間の感覚器を持たぬがゆえに〈夜帷〉は意味をなさなかった。

　聖騎士長ミーカ・サラヴァーラ。本人の自信のなさとは裏腹に、真に恐るべき臆病者は彼だった。最後の瞬間に、フルフルの乱入を許したのは彼の力によるものだ。それゆえに、彼の最期は実に甘美なものだった。

そして、あの体で自分を倒した四代目銀眼の王黒花・アーデルハイド。彼女の銀眼と〈天無月〉は〈殺陣郷〉の中で自分を殺しうる、唯一の刃だった。事実、最後は彼女の手により《殺人卿》は打ち倒されたのだから。

唯一心残りがあるとすれば、任務を果たせなかったことだろうか。

まあ、無念のまま訪れる死も耽美なものだ。

心地良い死に身を委ねていたときだった。

『勝手にくたばるな。貴様にはまだ役に立ってもらわねば困る』

目を開けると、そこには丸メガネをかけた青年が覗き込んできていた。

どうにも、自分は死に損なってしまったらしい。

「……なんと無粋な。死は万人に許された至上の瞬間でございますぞ？」

『悪いが貴様の死は俺が許さん』

そう言いながら拭った口元は、真っ赤に汚れていた。蒼白な顔といい、吐血したのだとわかる。

「巻き戻されたので？」

『それ以外に、死人を蘇らせる方法などあるものか』

むくりと身を起こすと、刎ねられた首はもちろんのこと、頸椎を抉る刺し傷も背中の傷も綺麗に消えていた。〈呪刀〉も回収してくれたようで、腰の鞘に戻っている。

コキコキと首を鳴らし、グラシャラボラスは問い返す。

「任務を失敗したわたくしめに、貴殿の寿命を削るほどの価値がおありですかな？」

『そいつはこれから貴様が証明してみせろ。……それにまあ、収穫はあった。四代目が使えることは確認できたからな』

しゃがれた声で咳をしながら、青年は最後にこう告げた。

『なにより、フォルネウスは始末できた。失敗というほどのものではない』

グラシャラボラスは肩を竦める。

「まあ、これからも殺人を享受できるというのであれば、是非もありません」

〈魔王〉グラシャラボラスは、快楽のために生きるのだ。

一度死んだくらいで悔い改めるはずもなく、素晴らしき宿敵たちとの再戦に胸を躍らせるのだった。

◇

「――こいつは、聖騎士長か」

アリストクラテスが夜の喧騒を取り戻すころ、ザガンは横たわった少年を見てそうつぶやいた。

この街に駆けつけたザガンは、迷わずグラシャラボラスの〈魔都・殺陣郷〉を破壊した。タイミングとしては極めてギリギリだったようで、黒花もシャックスもボロボロだ。いまはシャックスが黒花を膝枕しながら手当てをしている。

それでも間に合ったかと思ったのだが……。

「ミーカさん、壊れる、した、しました……」

ギュッと少年の亡骸を抱いて、ひとりの少女が呆然とした顔のままつぶやく。

配下たちは生きていたが、ここにひとり助からなかった者がいた。

シャックスが蘇生しようとはしたらしく、遺体には傷ひとつ残ってはいない。停止した心臓を動かすことも試したのだろう。だが、いくらシャックスでも完全に死んだ者を蘇らせることはできない。

医学的に言うなら、心臓が動いていても脳が死んだままなのだ。

――いまからネフィを連れてきても……いや、無理だろう。

完全に命が抜け落ちていて、いくら魔法でも蘇生の見込みはない。

ただ、ここに集まる者たちの目は、まだ諦めきったものではなかった。

「シャックス。なにがあった？」

「……ああ」

苦々しい表情で、シャックスはこう語った。


『――悪いが、こいつは返してもらう』

グラシャラボラスとの決着を付けた直後、突然現れたその男はそう告げた。

黒花は斬ろうとしたらしいが、すでに彼女に戦う力は残っていなかった。軽くいなされ、グラシャラボラスの骸を持ち去られてしまった。

だが、その男は最後にこう言い残したらしい。

『良いことを教えてやろう。そこのガキはまだ助かる。なあ、そうだろうフォルネウス？』

そして、消えていったのだという。


ザガンはフォルネウスに目を向ける。

こちらも負傷しているようだが、シャックスから応急処置は受けたのだろう。命に別状はなさそうである。

「貴様がフォルネウスだな？　そいつを蘇生できるというのは、本当か？」

「ボス、無駄だよ。その人は、自分の意志を他人に伝える術がないんだ。そういう呪いを受けている」

「……なんだと？」

となると、その方法を聞き出すことは不可能である。

フォルネウスの表情から、この状況をどう捉えているのかは推測もできないが、話は理解しているようだ。

ザガンは思案する。

殺されたのは聖騎士だ。配下でもなければ面識もない――いや、ラジエルの宝物庫で一度見たか――相手とあっては、ザガンも是が非でも助けるほどの義理はない。

意思の疎通が難しいとはいえ、フォルネウスの保護に成功したならそれ以上は望むべくもないのだ。

――だが、黒花は助けたいようだな……。

ここまでがんばってくれた配下の望みに応えるのは、王の責務であろう。

ただ、問題はその方法を知る手段である。

そのときだった。

「ミーカさん、私は、まだなにもお礼、するしてないです。ご主人さまを捜してくれたことも、ご飯を食べようと言ってくれたのも、なにも……」

そんな少女の瞳から、ひと筋の涙が伝った。

この事実に、黒花とシャックスが目を見開いた。

「人形が、泣いた……？」

その言葉で、ザガンも気付く。

――この女、人形なのか？

「…………！」

そんな少女の涙に、フォルネウスが立ち上がった。

体は作りものの人形である。なのに、その身には生物と同じく魔力が流れている。

少女の頭をポンと撫でると、少年の骸に手を当てる。

『――〈巻き戻れ〉〈ミーカ・サラヴァーラ〉――』

その〝言葉〟に尋常ではない力が込められていることが、ザガンには視えた。

――なんだこの力は？　まるで神霊魔法だぞ。

その予感を肯定するように、少年の骸がビクンと震える。

顔に血色が戻り、うっすらと目を開ける。

「ミーカさん！」

「へ……？　うえあっ？」

少女に抱きしめられていることに気付いて、少年は飛び起きる。

「マジかよ……」

シャックスが信じられないという声をもらす。

だが、ザガンと黒花が見ていたのは少年ではなかった。

「フォルネウスさん！」

少年に命を吹き込んだ代償のように、フォルネウスの体がボロボロと崩れ始めていた。

「ご主人さま！」

悲痛な声を上げる少女に、しかしフォルネウスは穏やかに微笑んでその頬に触れた。

「――『笑いから始まる友情は決して悪いものではない。それが笑いによって締めくくれるなら、この上ないことだ』――」

ザガンには、その言葉の意味はわからなかった。

わからなかったが、少女には伝わったのだろう。

キュッと唇(くちびる)を結んで、少女は確かにうなずく。

それを見届けて、偉大(いだい)な錬金術の始祖は塵(ちり)となって消えていった。

あとには、少女の手に刻まれた〈魔王の刻印〉だけが残された。

あとがき

みなさま、ご無沙汰しております。『魔王の俺が奴隷エルフを嫁にしたんだが、どう愛でればいい？』十七巻をお届けに参りました。手島史詞でございます。

前回、衝撃のラストから少なからず揺れ動く世界。そんな中、ザガンの命によりシャックスと黒花が新婚旅行……もとい会いに行ったのは〈魔王〉フォルネウス。そこに関わる羽目になったのは幸薄い聖騎士長の少年ミーカで、彼は運命の少女と出会う。そんな彼らの前に現れたのは、この世界でもっとも忌むべき〈魔王〉だった。

果たして新米カップルは生き伸びることができるのか？

はい。そんな感じ（？）でシャッ黒メインのお話になります。

シャックスと黒花は勝手に空回ってはワタワタしてくれるので、書くの楽しいですね。

でも、よく考えたら本作で唯一のエロハプニング属性持ちなのに、今回はそっち方面が足りなかったような気もします。耳食べさせて満足しちゃった。

あと、いままでおくびにも出しませんでしたが、私は名も無きモブや主人公の仲間その三くらいの端役ががんばる話が大好物です（そういえばシャックスも元はその枠だったような……）。

そんなわけで九巻に登場した新米聖騎士長三人組の話はずっと書きたかったんですが、今回はようやくそのうちのひとりを登場させられました。他のふたりもそろそろ出したいなあ。

そうそう、私はそもそもプロット通りに書けない部類の作家なのですが、今回は特にその問題が大きく出ちゃった巻になりました。

まずは予期せぬ絡みが発生しちゃった件。どことは明記しませんが、あのふたりあんなところで出会う予定はなかったんです。

いやまあ、バルバロスとシャスティルも作者が知らんうちにいい雰囲気になってたんで面食らった部類ではあるんですが、今回のは本当にどうしてお前らが出会うの、という感じでして残すか没にするかずいぶん悩みました。該当シーンがどこか当てられた人はニヤニヤしててください。

もうひとつ。フォルネウスです。プロット段階だとあんな面倒臭いじいちゃんじゃなかったんですが、いざ登場してみたらなぜかあんなことに……。

彼の言葉はオスカー・ワイルドの『ドリアングレイの肖像』から引用というか翻訳させていただいております。著作権失効した原文を自分で翻訳した形で使っているのですが、そうなるまでにそれはもう編集部に多大なご迷惑をおかけしてしまいました。面目ない。

他には、そうそうシャスママですね。一応、前からキャラはできてたんですが、シャスティルが自宅にいるシーン自体が滅多にないもので登場の機会がありませんでした。

それが満を持して登場というわけではあったのですが、まさかカラー見開きに堂々と出てくるとか思わなかったなあと。

最後に、まどめアニメ化企画進行中です。ちゃんと進行中ですので、続報をお待ちいただければ！

本編に関してはそんなところでしょうか？　お次は近況。

前回ちょこっとつぶやきましたが猫飼うことになりました！

黒猫です。めっちゃ可愛いです。なかなかやんちゃな子なのであれこれもの壊されたりもしたのですが、スピンオフの双葉先生から猫柵とかソファカバーとか教えてもらったりして助けてもらいました。

最近は大きくなってきたこともあり、イタズラも落ち着いてきたのですが、今度は甘えん坊になって仕事中ずっと膝の上乗ってたりします。生きる意欲が湧いてきます。

あと、背中に飛び乗ってきたりもするのですが、一度爪立てられて痛がったら次からちゃんと爪引っ込めてくれるようになったので、賢いみたいです。

子供たちにも懐いてくれたので、家の中がいっそう賑やかになりました。

それでは今回もお世話になりました各方面へ謝辞。

今回はどえらいご迷惑かけてしまい本当に申し訳ありませんでした担当Aさま。シャツ黒新衣装可愛い&格好いいで最高でしたイラストレーターCOMTAさま。コミックおよびスピンオフネーム板垣ハコさま。スピンオフ作画双葉ももさま。両コミック担当さま、他、カバーデザイン、校正広報等に携わってくださいましたみなさま。父の日にチョコレートやお酒プレゼントしてくれた子供たち。そして本書を手に取ってくださいましたあなたさま。ありがとうございました！

二〇二三年六月。梅雨なのに全然雨の降らない夜に　手島史詞

Twitter：https://twitter.com/ironimuf8

FANBOX：https://prironimuf.fanbox.cc/

〈参考文献〉

本作の執筆にあたり、左記文献を参考に使用した。

Wilde, Oscar. The Picture of Dorian Gray. Philadelphia: J. B. Lippincott Company,1890

以上

HJ文庫 https://firecross.jp/
1106

魔王の俺が奴隷エルフを嫁にしたんだが、どう愛でればいい？17

2023年8月1日　初版発行

著者――手島史詞

発行者―松下大介
発行所―株式会社ホビージャパン

〒151-0053
東京都渋谷区代々木2-15-8
電話　03(5304)7604（編集）
　　　03(5304)9112（営業）

印刷所――大日本印刷株式会社

装丁――世古口敦志（coil）／株式会社エストール

Printed in Japan

ISBN978-4-7986-3243-8　C0193

ファンレター、作品のご感想お待ちしております

〒151-0053　東京都渋谷区代々木2-15-8
(株)ホビージャパン HJ文庫編集部 気付
手島史詞 先生／COMTA 先生

アンケートはWeb上にて受け付けております

https://questant.jp/q/hjbunko

- 一部対応していない端末があります。
- サイトへのアクセスにかかる通信費はご負担ください。
- 中学生以下の方は、保護者の了承を得てからご回答ください。
- ご回答頂けた方の中から抽選で毎月10名様に、HJ文庫オリジナルグッズをお贈りいたします。

第三皇女の万能執事 1

世界一可愛い主を守れるのは俺だけです

著者／安居院 晃
イラスト／ゆさの

毒舌万能執事×ぽんこつ最強皇女の溺愛ラブコメ！

天才魔法師ロートの仕事は世界一可愛い皇女クレルの護衛執事。チョロくて可愛い彼女を日々愛でるロートの下に、ある日一風変わった依頼が舞い込む。それはやがて二人の、そして国の運命を揺るがす事態になり——チョロかわ最強皇女様×毒舌万能執事の最愛主従譚、開幕